# 中國語言文字研究輯刊

二六編

第 **6** 冊

《上海博物館藏戰國楚竹書（七）‧
武王踐阼》考釋（下）

江 秋 貞 著

花木蘭文化事業有限公司

國家圖書館出版品預行編目資料

《上海博物館藏戰國楚竹書（七）·武王踐阼》考釋（下）／
江秋貞 著 -- 初版 -- 新北市：花木蘭文化事業有限公司，
2024〔民 113〕
目 2+142 面；21×29.7 公分
（中國語言文字研究輯刊　二六編；第 6 冊）
ISBN 978-626-344-602-1（精裝）
1.CST：簡牘文字 2.CST：研究考訂

802.08　　　　　　　　　　　　　　　112022485

ISBN-978-626-344-602-1

9 786263 446021

中國語言文字研究輯刊
二六編　　第 六 冊　　　　ISBN：978-626-344-602-1

《上海博物館藏戰國楚竹書（七）·
武王踐阼》考釋（下）

作　　者　江秋貞
總 編 輯　杜潔祥
副總編輯　楊嘉樂
編輯主任　許郁翎
編　　輯　潘玟靜、蔡正宣　美術編輯　陳逸婷
出　　版　花木蘭文化事業有限公司
發 行 人　高小娟
聯絡地址　235 新北市中和區中安街七二號十三樓
　　　　　電話：02-2923-1455／傳真：02-2923-1452
網　　址　http://www.huamulan.tw 信箱 service@huamulans.com
印　　刷　普羅文化出版廣告事業
初　　版　2024 年 3 月
定　　價　二六編 16 冊（精裝）新台幣 55,000 元　　版權所有 · 請勿翻印

# 《上海博物館藏戰國楚竹書(七)·
武王踐阼》考釋(下)

江秋貞　著

## 目 次

# 第四節　乙本「武王問道於太公」

## 一、釋　文

武王甯（聞）於大（太）公䍃（望）曰：「亦又（有）不浧（盈）於十言，而百殜（世）不迲（失）之道，又（有）之虗（乎）？」大（太）公䍃（望）含（答）曰：「又（有）。」武王曰：「亓（其）道可尋（得）【11】而甯（聞）虗（乎）？」大（太）公䍃（望）含（答）曰：「身則君之臣，道則聖人之道。君齋，牂（將）道之；君不祈，則弗道。」

## 二、簡文大要

武王向太公請教聖人之道，太公要求武王要先齋戒才得以聽聞。

## 三、簡文考釋

（一）武王甯〔1〕於大公䍃〔2〕曰：「亦又不浧〔3〕於十言，而百殜〔5〕不迲〔6〕之道，又之虗？」大公䍃含曰：「又。」武王曰：「亓道可尋呂〔7〕甯虗？

### 1. 字詞考釋

〔1〕甯

原考釋者釋為「聞」，復旦讀書會認為應隸為「晤」釋為「問」，如簡1「王甯於帀上父」，「甯」釋「問」：

「晤」整理者讀為「聞」，誤。當讀為「問」，參看甲本第1簡。

秋貞案：復旦讀書會所說可從。

〔2〕䍃：䍃

楚簡上的字形為「䍃」，原考釋者隸為「䫅」，釋為「望」。

復旦讀書會隸為「䍃」（䍃），釋為「望」。

秋貞案：

乙本的主名是「太公望」，不似甲本為「師上父」。「太公望」的「望」字應

是復旦讀書會所隸為是。字形的右上是「亡」字。如甲本簡 1 的「喪」「」字，上部從「亡」一樣，故應隸為「睦」。

〔3〕涅

楚簡的字形為「」，原考釋者隸為「涅」釋為「盈」，「多」之意：

> 「涅」，《集韻》：「涅與逞同。」《說文通訓定聲》：「逞，與盈通。」
> 《左傳‧襄公二十三年》「晉欒盈」，《史記》作「逞」。《詩‧小雅‧
> 節南山》「降此鞠訩」，毛亨傳：「鞠，盈。」鄭玄箋：「盈，猶多
> 也。」

復旦讀書會從之。

**秋貞案：**

「涅」通「盈」，例如：《郭店‧老甲》簡 16「」：「長短之相形也，高下之相涅（盈）也。」《郭店‧老甲》簡 37「」：「殖而涅（盈）也。」《郭店‧語四》簡 24「」：「金玉涅（盈）室不如謀。」原考釋和復旦讀書會之說可從。

〔4〕十言

原考釋者釋「十言」以「伏羲作十言之教」的「十言」為例：

> 「十言」，鄭玄《六藝論》：「伏羲作十言之教，曰：『乾、坤、
> 震、巽、坎、離、艮、兌、消、息。』」此為易之十言。

**秋貞案：**

「言」可釋為「字」，如《老子》「五千言」，即「五千字」；也可釋為「句」，如《論語‧衛靈公》「有一言而可以終身行之者乎」，「一言」即「一句話」。這裡的「十言」應該是「十句話」，而非「十個字」。

〔5〕百殜

原考釋者釋為「百世」，猶言百代，歷時長久之意：

> 「百世」，猶言百代，歷時長久之意。《詩‧大雅‧文王》：「文王
> 孫子，本支百世。」《孟子‧離婁上》：「雖孝子慈孫，百世不能改也。」

〔6〕逆

楚簡的字形為「」，原考釋者隸作「遊」，釋「失」。復旦讀書會亦隸作「遊」釋為「失」。

**秋貞案：**

筆者觀察簡9「」「惡失？失道於嗜慾。」、簡10「」「位難得而易失」和本簡11的「」字都是從「辵」從「羊」，但簡11的「羊」部多一橫，都是同一字形，隸作「迋」即可。

〔7〕而

第十二支楚簡上端此字殘「」（以下以△代），只剩左下角的一點點筆畫，原考釋者釋「㠯」。

**秋貞案：**

比較本楚簡的「以」字。先不考慮書手問題之下，「以」字有八見，表列如下，為「以」字的可能性很高。

| | | | |
|---|---|---|---|
| | | | |
| 2.13 | 4.21 | 4.25 | 5.03 |
| | | | |
| 5.07 | 5.16 | 5.21 | 13.06 |

此句和簡1「不可尋而註虎」的語法很類似，筆者認為也可能釋為「而」字。先不考慮書手問題之下，「而」字有十二見，以下表列本楚簡「而」字。

| | | | | | |
|---|---|---|---|---|---|
| | | | | | |
| 1.26 | 2.29 | 3.14 | 3.18 | 3.22 | 7.06 |
| | | | | | |
| 10.11 | 10.17 | 11.16 | 13.16 | 15.06 | 15.15 |

△字左下的筆畫，也很類似簡2.29、3.14、3.18、3.22和7.06的「而」字左下角，故也有「而」字的可能性。不論當「以」或「而」，在此都作「連接詞」用。

**2. 整句釋義**

武王問太公望：「亦有不多於十句，而百世不失之道，有這樣的話嗎？」太公望回答說：「有。」武王說：「其道可得而聽聞嗎？」

（二）大公朢（望）曰：「身〔1〕則君之臣，道則聖人之道〔2〕。君齋，牌道〔3〕之；君不祈〔4〕，則弗道。」

1. 字詞考釋

〔1〕身

原考釋者釋「身」為自稱之意，即太公自稱：

「身」，《爾雅‧釋詁》：「身，我也。」郭璞注：「今人亦自呼為身。」邢昺疏：「身，自謂也。」

〔2〕聖人之道

原考釋者釋為聖人的諄諄之言：

「聖人之道」，謂品格才智出於常人者之言。

〔3〕牌「道」之

原考釋者釋為「言說」之意：

「道」，《孝經》：「非先王之法言不敢道。」「道」，猶「言」。《荀子‧勸學》「不道禮憲」，楊倞注：「道，言說也。」

秋貞案：

此句有兩個「道」字，第一個「聖人之道」的「道」字作名詞「言論」之意。第二個「將道之」的「道」作動詞，如甲本第3簡「道箸之言曰」的「道」，有「傳述」之意。

〔4〕君不祈

簡本上的「祈」字為「　」，原考釋隸為「祈」，釋為「齋」。沒有說明字形字義。復旦讀書會釋「祈」。

秋貞案：

此字已於第二章第一節考釋簡2的「　」（祈）字一併討論了「祈」和「齋」字的關係。這裡不再贅述。

2. 整句釋義

太公望回答：「我是君王的臣子，但要說的道則是聖人的大道。君王要先行齋戒之後，我才能告訴您；如果沒有齋戒，就不能告訴您。」

## 第五節　乙本「太公告以丹書之言」

### 一、釋　文

　　武王齋七日，大【12】公腟（望）奉（捧）丹箸（書）昌（以）朝▄，大（太）公南面，武王北面而遷（復）庿（問）。大（太）公畣（答）曰：「丹箸（書）之言又（有）之曰：『志勅（勝）欲則【13】昌，欲勅（勝）志▄則喪▄，志勅欲則從▄，欲勅（勝）志則兇。敬勅（勝）怠（怠）則吉▄，怠勅（勝）敬▄則威（滅）▄。不敬則不定▄，弗【14】力則椌＝（枉，枉）者敗▄，而敬者萬殜（世）▄。吏（使）民不逆而訓（順）城（成），百眚（姓）之為緒。』丹箸（書）之言又（有）之▎。【15】

### 二、簡文大要

　　武王齋戒之後，太公恭敬地告之以丹書的內容。

### 三、簡文考釋

（一）武王齋七日，大公腟奉丹箸昌朝▄〔1〕，大公南面，武王北面而遷庿〔2〕。

1. 字詞考釋

〔1〕朝▄

　　原考釋者釋「朝」為謁見、朝見之意，「朝」字下墨釘：

　　　「朝」，《禮記・王制》：「天子無事，與諸侯相見曰朝。」鄭玄
　　注：「事，謂征伐。」指在軍事以外，天子與諸侯相見曰朝。朝有謁
　　見、朝見之意。《集韻》：「朝，覲君之總稱。」「朝」字下有墨釘。

秋貞案：

　　乙本此處作「齋七日」，甲本作「齋三日」，這裡有何不同？在《禮記・祭統》：

　　　及時將祭，君子乃齊。齊之為言齊也。齊不齊以致齊者也。是
　　以君子非有大事也，非有恭敬也，則不齊。不齊則於物無防也，嗜

欲無止也。及其將齊也，防其邪物，訖其嗜欲，耳不聽樂。故記曰：「齊者不樂」，言不敢散其志也。心不苟慮，必依於道；手足不苟動，必依於禮。是故君子之齊也，專致其精明之德也。故散齊七日以定之，致齊三日以齊之。定之之謂齊。齊者精明之至也，然後可以交於神明也。

這裡謂「散齋」七日以定之，「致齋」三日以齋之，齋戒的作用是精明之至也，然後可以和神明交通也。在第二章第一節甲本「武王問道」章，筆者即對「齋」字作過探討，可參。

〔2〕大公南面，武王北面而復察

原考釋者在這句沒有作解釋。

復旦讀書會比較乙本此句和甲本的不同之處，認為甲本此句呈現東西相對是主客之禮，乙本則為南北的君臣之禮。雖然敘述如此不同，用意無不是為烘托丹書地位崇高。師尚父（或太公望）以丹書教導武王，故均立於尊位：

此處甲本作「武王西面而行，柚（曲）折而南，東面而立」，與《大戴禮記》「王行西，折而南，東面而立」相近。東西相對是主客之禮（師尚父在主位，武王在賓位），乙本作「太公南面，武王北面」，則為君臣之禮（太公在君位，武王在臣位）。凡此皆為烘托丹書地位崇高。《大戴禮記》「先王之道不北面」王聘珍注引《禮記‧學記》「大學之禮，雖詔於天子，無北面，所以尊師也」（參看方向東撰《大戴禮記匯校集注》頁 623 注[七]，中華書局，2008 年）。師尚父（或太公望）以丹書教導武王，故立於尊位。

**秋貞案：**

這一段是強調丹書地位的重要。當太公在宣讀丹書的內容時，武王是諮詢者的身分，於是要放下君臣之禮。武王面向北，居臣位；太公面向南，居君位，如筆者在第二章第一節甲本〈武王問道〉章有所討論，在此不再贅言。此處甲乙本所描述的方位不同，而且又放在同一簡中，可見這是不同的版本的抄寫，並可作為不同禮制的參考，形成一種互補的文本。

**2. 整句釋義**

武王齋戒七天之後，太公望捧著丹書入朝，太公面向南面，武王面向北面，

又再問一次。

（二）大公畣曰：「丹箸之言又之曰：『志勅欲則昌〔1〕，欲勅志＝則喪＝，志勅欲則從＝，欲勅志則兇。敬勅怠則吉＝，怠勅敬＝則威＝。不敬〔2〕則不定＝，弗力〔3〕則枉＝〔4〕者敗＝，而敬者萬殜＝。

1. 字詞考釋

〔1〕昌

楚簡上此字殘，字形「　　」，原考釋和復旦讀書會均釋「利」。

沈培在〈《武王踐阼》篇的「昌」〉〔註577〕一文中表示以字形看是「昌」字；以韻讀看「昌」、「亡」二字押陽部韻；以古代文獻也多「昌」、「亡」對舉，故此殘字應為「昌」字：

　　《武王踐阼》簡13～14有這樣的話：（以下釋文基本從馬承源（2008），如有不同，文中加以說明）

　　太公答曰：「丹書之言有之曰：志勝欲則A，欲勝志則喪。志勝欲則從，欲勝志則兇。敬勝怠則吉，怠勝敬則滅。（下略）」

　　其中「A」字是簡14的第一字，但因簡首殘缺，致使此字只剩下殘畫，其形為：

　　．整理者釋此字為「利」，復旦（2008a）從之。其實，如果是「利」字的話，就跟後面「欲勝志則喪」的「喪」不押韻，這顯然是有問題的。此二句後面還有四句話，也是兩兩押韻，即「從」與「兇」相押、「吉」與「滅」相押。此二句自然不能例外。而且，簡3～4有幾句話跟上引簡文相類，其中「怠勝義則喪，義勝怠則長」正是「喪」、「長」兩個陽部字相押。顯然，此二句也應當是兩個陽部字相押。

　　細看字形，可知此字就是「昌」字（這個意見本人已在網上用「水土」的網名跟帖發表過，見 http://www.gwz.fudan.edu.cn/Src

〔註577〕沈培：〈《武王踐阼》篇的「昌」〉，http://www.gwz.fudan.edu.cn/SrcShow.asp?Src_ID=598，2009.01.02。

Show.asp?Src_ID=576），李守奎（2007：347）收有下面兩個「昌」字：

《武王踐阼》「昌」字的寫法應當與之相似。

復旦（2008a）在討論簡 3～4 的「怠勝義則喪，義勝怠則長，義勝欲則從，欲勝義則兇」的話時，指出《六韜》中有與此相似的話：

故義勝欲則昌，欲勝義則亡；敬勝怠則吉，怠勝敬則滅。

現在我們所談的「志勝欲則昌，欲勝志則喪」，在古書裡也有很相似的說法。如《淮南子·謬稱》就有這樣的話：

故情勝欲者昌，欲勝情者亡。

這是「昌」、「亡」二字押韻，更可證簡文也是兩個陽部字相押。上博簡文的「志」跟《淮南子》的「情」相當，二者意思雖然有一定的差別，但應當屬於同一個語義範疇。

**秋貞案：**

沈培之說可從。字形上，在《楚系簡帛文字編》中有兩個「昌」字：

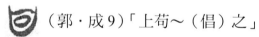（郭·成 9）「上苟～（倡）之」

（郭·緇 30）「故大人不～流」

「　」和上列兩字極為相似，和「昌」一致，內有一「口」形，致於右上部的筆畫較上兩個字形圓，可能是斷面的處理或是筆畫本來就寫得較圓，或是其他不明的原因，但是經過比較，可以確定「　」應為「昌」的可能性極大。「利」字從禾從刂，如：

（郭·唐 27）「以其知其弗～也」

（上二·容 19）「會天地之～夫」

「　」的右下明顯為一「口」形，而非「刂」形。

字音方面，陳志向在《《上博（七）·武王踐阼》韻讀》一文中也針對此篇

有韻的部分作分析，認為：

「志勑（勝）欲則昌陽部〔註578〕，欲勑（勝）志則喪陽部」〔註579〕

「利」上古音在來紐質部，和「喪」陽部字不諧，故以「昌」字為佳。

「昌」字義為何？此句為「聖人之道」，又是對武王所說，故應為治國之道。正如《大戴禮記・千乘》「國有道則民昌」，王聘珍《解詁》：「昌，盛也。」《誥志》「國家之昌」王聘珍《解詁》：「昌，盛也。」〔註580〕，故有「昌盛」之意。

故此字應釋為「昌」，作「昌盛」之意。

〔2〕不敬則不定

原考釋者「不敬」，為無禮。釋「」為「定」：

「不敬」，謂無禮。《周禮・夏官・祭僕》：「誅其不敬者。」《禮記・祭義》：「祭不欲數，數則煩，煩則不敬。」「定」今本作「正」。

**秋貞案：**

《管子・內業》：「嚴容畏敬，精將至定」、「守禮莫若敬，守敬莫若靜，內靜外敬，能反其性，性將大定」，故正可以說明此句「不敬則不定」中「敬」和「定」之間的關係。

「定」和「正」都屬耕韻，《說文》「定」：「安也。從宀，從正。」《詩・邶風・日月》：「胡能有定。」馬瑞辰《傳箋通釋》：「定訓為正。」〔註581〕何琳儀《戰典》上冊「定」字條，見楚系文字「律管」：「定新鐘之宮」，見《增韻》「定，正也。」〔註582〕故「定」和「正」可通。《詩・小雅・六月》：「以定王國」，鄭玄箋：「定，安也。」簡本「定」或今本的「正」都可釋為「安定」之意。

---

〔註578〕陳志向：，原字殘，整理者作「利」，不確，當依沈培的意見作「昌」，與下「喪」字押韻。參：沈培《〈上博七〉殘字辨識兩則》，復旦大學出土文獻與古文字研究中心網站 2008 年 12 月 31 日首發（http://www.guwenzi.com/SrcShow.asp?Src_ID=598）。

〔註579〕陳志向：〈《上博（七）・武王踐阼》韻讀〉，http://www.gwz.fudan.edu.cn/SrcShow.asp?Src_ID=638，2009.01.08。

〔註580〕宗福邦、陳世鐃、蕭海波主編《故訓匯纂》上冊，北京：商務印書館，2007 年 9 月，頁 1889。

〔註581〕宗福邦、陳世鐃、蕭海波主編《故訓匯纂》上冊，北京：商務印書館，2007 年 9 月，頁 1054。

〔註582〕何琳儀：《戰國古文字典》上冊，北京：中華書局，2007 年 5 月第 3 次印刷，第 799 頁。

〔3〕力

第15簡上端殘，其字形為「」，原考釋者釋「力」，指「武力」：

> 「力」，《孟子‧公孫丑上》：「以力服人者，非心服也。」「力」，
> 指「武力」。

復旦讀書會釋从「力」之「強」，今本亦作「凡事不彊則枉」。

> 簡15首字缺，唯餘「力」字偏旁。《大戴禮記》作「彊」，疑缺
> 文當為从「力」之「強」。「弗強則枉，枉者敗」，《大戴禮記》作「凡
> 事不彊則枉……枉者滅廢」。

秋貞案：

第15簡的上端殘，只剩「」形（以下以△代），原考釋者釋「力」和復旦讀書會釋「強」。先將楚簡中出現過的「力」和「強」字形表列出，以茲比較。

| 力 | 強 |
|---|---|
| （《郭店‧緇衣》簡19） | （《郭店‧老子甲》簡22） |
| （《郭店‧尊》簡15） | （《郭店‧老子甲》簡35） |
| （《郭店‧語四》簡24 | （《郭店‧太》簡13） |
| （《上博一‧緇》簡10 | （《上博二‧從（乙）》簡5） |

△以字形看釋「力」和「強」都有可能，但是以何者為佳？

從此句的韻來看，陳志向在〈《上博（七）‧武王踐阼》韻讀〉一文中認為應為「強」字才合於韻：

> 不敬耕部則不定耕部，弗[強]陽部則枉＝（枉陽部。枉）者敗月部，
> 而敬者萬殢（世）月部。〔註583〕

「力」，古音為來紐職部，和陽部字不諧。若為「不敬則不定，弗強則枉」一句，「敬」、「定」同是耕部；「強」、「枉」則同是陽部，如此成為「句中韻」的形式。再者今本也正是「凡事不彊則枉」，故在此應以釋「強」為佳。

「強」字的字義，復旦讀書會沒進一步的解釋。在此筆者作一說明。裘錫圭在《古文字論集》〈說字小記‧說吉〉〔註584〕文中說到「㖕」字和「吉」字一

---

〔註583〕陳志向：〈《上博（七）‧武王踐阼》韻讀〉，http://www.gwz.fudan.edu.cn/SrcShow.asp?Src_ID=638，2009.01.08。

〔註584〕裘錫圭：《古文字論集‧說字小記》，北京：中華書局，1992年8月，第645頁。

樣，下加「口」形是指事符號：

> 古人是在具有質地堅實這一特點的勾兵的象形符號上加上區別
> 性意符「口」，造成「吉」字來表示當堅實講的「吉」這個詞。這種
> 造字方法跟「古」字、「弓」字是一致的。

裘錫圭在《古文字論集》〈說字小記・說吉〉中還說到「弓」加「口」形為區別
出「強」的意義：

> 拉弓須要很強的力量，所以古人在「弓」字上加區別性意符「口」，
> 造成「弓」（弘）字來表示強弱之「強」這個詞。

季師在《說文新證》上冊，「吉」字條中說明，加上指事符號「口」形之後，都
可以表達「善實堅固」的意義：

> 王士其實同形，都是斧鉞類的兵器、工具，和戈一樣，都是古
> 人生活環境中最具有「善實堅固」的特質的工具，因此加上指事符
> 號「口」形之後，都可以表達「善實堅固」的意義。〔註585〕

**秋貞案：**

此字以本簡的長度來看，和第14簡的長度相差只0.1釐米，所以並排起來，
差不多是第14簡的「昌」字的高度位置。以「昌」字的大小來判斷，目前只見
所剩餘的下半部「力」形而已，故可以想見本簡上部所殘的部分正是「強」字
的上半部。總之，此字從韻讀和字形的位置高低來判斷，應是「強」字為佳。
復旦讀書會之說可從。

〔4〕桎＝

楚簡上的字形為「」（以下以△代），原考釋者隸為「桎」，讀作「枉」，
衺曲、凌弱之意：

> 「桎」，讀作「枉」。《說文・木部》：「枉，衺曲也。」《呂氏春
> 秋・仲秋》「無或枉橈」，高誘注：「凌弱為枉。」。

**秋貞案：**

楚簡上△字，應該隸為「桎」，非「桎」。季師《說文新證》上冊「坐」字條，
△字的右旁上從「之」從「土」：

---

〔註585〕季旭昇師《說文新證》上冊，台北：藝文印書館，2004年10月初版二刷，第86
頁。

甲骨文坒字，羅振玉釋為从止、从土，謂即往之本字（《增考》中葉上）。其說甚是，但釋形似應為「从之、从土」，「之」本即有往義，加「土」強化地上行動的意味。前輩學者或釋為「从止、王聲」，但從歷代字形演變來看，應該從「之」。尤其戰國文字毫無例外地一律從「之」，戰國文字除了秦系之外，之形和止形一般是不混淆的。……戰國文字「土」形或作「壬（挺）」形，為字形演變常例。秦漢以後「往」行，而「坒」廢矣。〔註586〕

故△字應隸作「桯」，从木「坒」聲，讀為「枉」，衺曲、凌弱之意。

### 2. 整句釋義

太公回答說：「丹書上有說：『心志克制欲望則昌盛，欲望克制了心志則會喪亡；心志克制欲望則順遂，欲望戰勝了心志則會有危險；態度恭敬克制怠慢則會吉祥，態度怠慢戰勝了恭敬則會導到滅亡。態度不恭敬則天下不能安定，不能堅固信念則會妄生衺曲，一旦衺曲了就會導到敗亡，而懂得態度恭敬持守，就能使國祚延續萬代而不衰。』」

## （三）吏〔1〕民不逆〔2〕而訓城，〔3〕百眚之為緒〔4〕，丹箸之言又之

### 1. 字詞考釋

〔1〕吏

原簡字形為「」（以下以△代），原考釋者隸為「吏」，讀為「使」：

> 讀為「使民不逆而順成，百姓之為聽」

復旦讀書會釋為「吏」。沒有進一步的解釋。

禤健聰在〈上博（七）零箚三則〉一文中釋△字為「使」。因為「使」以下兩句為其賓語為「民不逆而順成」與「百姓之為緒」，而且若為「吏民」和「百姓」結構不諧，無法對舉：

> 「民不逆而順成」與「百姓之為緒」皆為「使」的賓語。
>
> 「使」，論者多讀為「吏」，然「吏民」與「百姓」對舉，於義
>
> 不合。《國語‧周語中》：「官不易方，而財不匱竭；求無不至，動
>
> 無不濟；百姓兆民夫人奉利而歸諸上，是利之內也。」《大戴禮記‧

〔註586〕季旭昇師《說文新證》上冊，台北：藝文印書館，2004 年 10 月初版二刷，第 499 頁。

保傅》：「此五義者既成於上，則百姓黎民化緝於下矣。」簡文「百姓」指百官，「民」指黎民。〔註587〕

楊澤生在〈《上博七》補說〉一文中認同禤健聰的看法，△字應釋為「使」：

而「吏」字則應改從禤健聰（2009）讀作「使」，「使民不垂而順成」就是使老百姓不惑亂而順成。〔註588〕

**秋貞案：**

△字多讀為「使」，當作動詞用。《楚系簡帛文字編》第288頁「史」字條下的字例很多。例如：「![字]」（郭店・老甲2）「三言以為～不足」、「![字]」（郭店・老甲35）「心～氣曰強」、「![字]」（上博二・子1）「～無、有」、「![字]」（郭店・六41）「不～此民也憂其身」等。在此句中，筆者認同禤健聰的看法，△為「致使……」或「讓……」之意。

〔2〕逆

原簡上的字形為「![字]」（以下以△代），原考釋者釋「逆」，「反」、「乖違」、「亂」之意：

「逆」，《國語・晉語八》：「未退而逆之。」韋昭注：「逆，反也。」《荀子・非十二子》「言辯而逆」，楊倞注：「逆者，乖於常理。」《廣雅・釋詁三》：「逆，亂也。」

復旦讀書會和禤健聰均釋「逆」。

楊澤生在〈《上博七》補說〉〔註589〕一文中舉《上博五〈季庚子問於孔子〉》簡17的「![字]」字讀為「眊」、「耗」或「耄」，認為△字應隸為「垂」，「昏瞶、惑亂」之意：

整理者陳佩芬先生釋作「逆」，並把其相關簡文釋寫作「吏民不逆而訓城，百眚之為經」，讀為「吏民不逆而順成，百姓之為聽」，說「此句意為：使民眾不逆反而順從，百姓將這些話常存於耳著於心。」（馬承源，2008：165）其實其右上部分的「![字]」是「毛」而不是「屰」，應該隸作「迌」。《上海博物館藏戰國楚竹書（五）》所

〔註587〕禤健聰：〈上博（七）零箚三則〉，http://www.bsm.org.cn/show_article.php?id=970，2009.01.14。

〔註588〕楊澤生：〈《上博七》補說〉，http://www.gwz.fudan.edu.cn/articles/up/0318，2009.01.14。

〔註589〕楊澤生：〈《上博七》補說〉，http://www.gwz.fudan.edu.cn/articles/up/0318，2009.01.14。

收《季庚子問於孔子》17 號簡有個寫作█的字，整理者原來也釋為「逆」，楊澤生（2006）已改隸作「耗」，認為可讀為「眊」、「秏」或「耗」，意為昏瞶、惑亂。驗之原文「因故箭（冊）禮而彰之，毋耗百事，皆請行之」，可謂文從字順。「耗」和「迋」當是異體關係。本簡「迋」似乎也可以解作惑亂，而「吏」字則應改從禤健聰（2009）讀作「使」，「使民不耗而順成」就是使老百姓不惑亂而順成。

楊澤生又舉《晏子春秋‧內篇‧問上》中的一段說明「耗」當「秏」，「損害」、「傷害」之意，「吏民不迋（秏）」即「不秏吏民」，其主語省略了「武王」：

> 景公外傲諸侯，內輕百姓，好勇力，崇樂以從嗜欲，諸侯不說，百姓不親。公患之，問於晏子曰：「古之聖王，其行若何？」
>
> 晏子對曰：「其行公正而無邪，故讒人不得入；不阿黨，不私色，故群徒之卒不得容；薄身厚民，故聚斂之人不得行；不侵大國之地，不秏小國之民，故諸侯皆欲其尊；不劫人以甲兵，不威人以眾彊，故天下皆欲其彊；德行教訓加於諸侯，慈愛利澤加於百姓，故海內歸之若流水。今衰世君人者，辟邪阿黨，故讒諂群徒之卒繁；厚身養，薄視民，故聚斂之人行；侵大國之地，秏小國之民，故諸侯不欲其尊；劫人以兵甲，威人以眾彊，故天下不欲其彊；災害加於諸侯，勞苦施於百姓，故讎敵進伐，天下不救，貴戚離散，百姓不興。」
>
> 簡文「迋」當讀作此「不秏小國之民」和「秏小國之民」的「秏」，當損害講（參看宗福邦，2003：1621）。「吏民不迋（秏）」即「不秏吏民」，其主語應該是省略了「武王」。結合前面簡文，其句意當是武王按照丹書上所講的去做，不傷害吏民，自然會順利成功。

秋貞案：

學者對△字釋「逆」和「迋」兩種不同的看法。以下分別加以探討字形：

（一）「逆」字

《說文》「逆」：「迎也。從辵屰聲。關東曰逆，關西曰迎」。《說文》「屰」：「不順也。從干下屮，屰之也。」

「逆」字形：茲以甲骨、金文、戰國文字、秦漢魏晉列出字形加以分析。

| | 字　形 |
|---|---|
| 甲骨 | （前 5.26.5）、（續 3.6.6）〔註 590〕 |
| 金文 | （逆父辛鼎）、（中山王壺）〔註 591〕 |
| | （九年衛鼎）、（仲再簋）〔註 592〕 |
| 戰國 | （鄂君啟節）〔註 593〕、 |
| | （侯馬盟書）、（戰國璽彙）、（包山 75）「宵△」（人名）、（郭‧性‧10）「或△之」、（郭‧性‧17）「觀其先後而△順之」（雲夢雜抄）〔註 594〕 |
| | （郭‧成 32）「是故小人亂天常以△大道」、（上二‧容 8）「悅攸以不△」、（上二‧容 52）「或亦起師以△之」、（上五‧三 6.42）「是謂反△」、（上五‧季 17.10）「毋△百事」 |
| 秦漢魏晉 | （秦嶧山碑）〔註 595〕、（春秋事語）、（晉石尠墓志）〔註 596〕 |

　　從甲骨、金文的字形明顯是倒「大」形，金文的「逆父辛鼎」更為明顯。何琳儀《戰典》上冊第 513 頁「逆」字條：「屰，象人倒立之形，戰國文字在屰中間加圓點、橫筆為飾作、，或在屰下加圓點、橫筆作、或繁化作形。」但我們看到楚文字寫成「」形的很多，以文例看，應都是「逆」字，將「倒大」之形寫成「毛」形。如金文「」（毛公鼎）、「」（召伯毛簋）、戰國楚文字「」（上容‧24）「不生之毛」等形，也可以參考李守奎的《楚文字編》第 517 頁諸多「毛」字。「迕」字如：「」（曾 13「黃＿△取馭大展」）、「」（郭殘 9「告又△一☐」），這兩字和本簡△字無別。又「朔」字

〔註 590〕出自《漢語古文字字形表》頁 61。
〔註 591〕出自《古文字類編》頁 1123。
〔註 592〕出自《漢語古文字字形表》頁 61。
〔註 593〕出自《說文新證》上冊，頁 136。
〔註 594〕出自《古文字類編》頁 1123。
〔註 595〕出自《說文新證》上冊，頁 136。
〔註 596〕出自《秦漢魏晉篆隸字形表》頁 108。

「」（璽彙 3558）所從的「屮」旁也是寫「毛」形。再如《郭‧成之聞之》簡 32：「是故小人亂天常以逆大道，君子治人倫以順天德。」的「逆」字作「」，和本簡逆字一樣，故△字為「逆」字無誤。〔註 597〕

故筆者認為楚文字的「逆」和「迉」也有訛混的情形。至於寫訛的原因為何，因為「毛」音明紐宵部，「逆」疑紐鐸部，聲韻不近，兩字不可能是音近假借的情形故判斷應是字形的形近造成訛混。

再看本簡的△字若為楊澤生所釋「」當「秏」，「損害」、「傷害」之意，「吏民不迉（秏）」也頗有道理。但「不逆而順成」以「不逆」和「順成」對舉較「不迉」於義為佳。「而」字在此當連詞用。連詞有表示遞進、增加關係，用以連接動詞（短語）、形容詞（短語），相當於「而且」、「而又」。如：〔註 598〕

《論語‧泰伯》「士不可以不弘毅，任重而道遠」——士者不可以不胸懷大志、品格剛毅，因為他的責任重大，而且要行的路很遠。

《韓非子‧五蠹》「是以賞莫如厚而信，使民利之」——因此獎賞不如豐厚而且一定兌現，使人民願意爭取它。

「不逆而順成」遞進、增加的關係比「不迉（秏）而順成」強。故以「不逆」為佳。

〔3〕訓成

原考釋者釋「訓城」為「順成」。釋「順」為「不逆」之意，沒有解釋「成」：

「訓」，《說文通訓定聲》：「訓，叚借為順。」《廣雅‧釋詁一》：「訓，順也。」「順」即「不逆」。

復旦讀書會釋「順成」一詞為「順其道而行以有成」之意：

簡文「訓（順）城（成）」，從整理者釋讀。不過整理者只提到「《廣雅‧釋詁》：『訓，順也。』『順』即『不逆』」，而未解釋「成」。實際上，「順成」為一詞，與「逆」相對，義為「順理而成功」。《左傳‧宣公十二年》：「執事順成為臧，逆為否。」杜預注：「今彘子逆命不順成，故應否臧之凶。」楊伯峻注：「凡行事，順其道而行

---

〔註 597〕黃德寬、徐在國：《新出楚簡文字考》，安徽大學出版社，2007 年 9 月，頁 20。
〔註 598〕陳霞村編、左秀靈校《古代漢語虛詞類解》，台北，建宏出版社，1995 年，頁 630。

以有成則為善。」簡文此句是說：如果遵循丹書所言（「志勝欲則
利……」），吏民就不作亂，事情會順利成功。

**秋貞案：**

原考釋者只釋「順」字並沒有釋「成」字，但於後面的釋句的部分，都是
以「吏（使）民不逆而訓（順）城（成），百眚之為緒」的斷句，故我們認為原
考釋者應是把「順成」當為一詞來說。復旦讀書會則進一步引經據典解釋「順
成」一詞。

〔4〕緒

原簡上的字形為「」（以下以△代），原考釋隸為「綎」，讀為「聽」。「聽
於耳，著於心」之意：

> 「綎」，與緼、綖同。《說文》：「緼，緩也。讀與聽同。」《左傳·
> 宣公二年》：「戎昭果毅以聽之，之謂禮。」杜預注：「聽，謂常存於
> 耳，著於心，想聞其政令。」

復旦讀書會釋為「經？」，加問號存疑，但沒有進一步解釋。

禤健聰在〈上博（七）零箚三則〉一文中釋△字為「緒」。以為△字的偏旁
左從「糸」右從「者」：

> 《武王踐阼》簡 15：使民不逆而順成，百姓之為 A，丹書之言
> 有之。其中 A 字作： 
>
> 左從「糸」，右半稍有殘泐，整理者以為「呈」；復旦讀書會釋字
> 為「經」而又加問號表示存疑。按此字右半與「呈」、「坖」等形差
> 異明顯，兩釋皆不可信從。拙見以為此字實從「者」。可以比較以下
> 字形：
>
> B1：（《武王踐阼》簡 15「箸」）
>
> B2：（《君人者何必安哉》甲本簡 8「者」）
>
> C1：（《孔子詩論》簡 1「者」）
>
> C1：（《彭祖》簡 2「箸」）

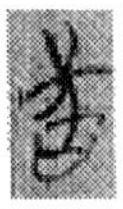

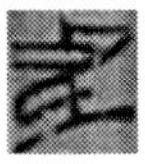

A 字上半與 B 類「者」旁上半相同，下半則與 C 類「者」旁下半同形。A 字「者」旁下半的寫法可視為 B2 類寫法的省變〔註599〕。由此可知，A 可定為「緒」〔註600〕。有學者已指出，丹書之言與銘均押韻〔註601〕。此句「成」為耕部字，與魚部的「緒」韻部不合。但比照前文師尚父所宣部分，此處「丹書之言」實應到「而敬者萬世」而止，此句不應視為「丹書之言」的一部分，而是「太公望」告誡武王的話。正因為如此，文末才會重複「丹書之言有之」，這是在強調，只有遵循「丹書之言」，才可「使民不逆而順成，百姓之為緒」，從而達致「百世不失」。「民不逆而順成」與「百姓之為緒」皆為「使」的賓語。〔註602〕

楊澤生先在〈《上博七》補說〉一文中認為△字應釋為「經」，引《荀子·儒效》「養百姓之經紀」與簡文「百姓之為經」大致相當：

整理者釋為「經」的字原文作如下之形：

復旦（2008a）懷疑是「經」字，褚健聰（2009）則釋作「緒」，並且作了比較詳細的論證。考慮到滕壬生（2008：1077）所錄楚簡「經」字或作如下兩形：

我們懷疑原釋為「經」的這個字右上角是此二形右部的簡省，故仍釋為「經」。下面《荀子·儒效》中的一段話大概可以幫助我們理解「百姓之為經」的意思：

秦昭王問孫卿子曰：「儒無益於人之國？」孫卿子曰：「儒者法先王，隆禮義，謹乎臣子而致貴其上者也。人主用之，則埶在本朝而宜；不用，則退編百姓而慤，必為順下矣。雖窮困凍餒，必不以

---

〔註599〕可參大丙：《〈吳命〉篇「暑日」補說》，http://www.guwenzi.com/SrcShow.asp?Src_ID=622，2009.01.05。

〔註600〕此處一簡之內「緒」、「箸」二字所從「者」旁寫法不同，論者或以為異，然類似情況楚簡並不少見。

〔註601〕陳志向：《〈上博（七）·武王踐阼〉韻讀》，http://www.guwenzi.com/SrcShow.asp?Src_ID=638，2009.01.08。

〔註602〕褚健聰：〈上博（七）零箚三則〉，http://www.bsm.org.cn/show_article.php?id=970，2009.01.14。

邪道為貪；無置錐之地，而明於持社稷之大義；嗚呼而莫之能應，

然而通乎財萬物，養百姓之經紀。埶在人上，則王公之材也；在人

下，則社稷之臣，國君之寶也。雖隱於窮閻漏屋，人莫不貴之，道

誠存也。」

引文中的「養百姓之經紀」與簡文「百姓之為經」大致相當。無

論是簡文還是上引《荀子》，其大意都是說上層作對了，下層百姓也

會安於本分。〔註603〕

**秋貞案：**

諸家對△字有三種不同的看法。原考釋者釋「聽」、禤健聰生釋「緒」、楊

澤生釋「經」。以下先分析△字字形：

△字的左旁從「糸」右旁從「」，因為字形有殘泐所以討論最多。

原考釋者隸為「綎」。此字在楚簡上也出現過很多次。何琳儀《戰典》第806

頁「綎」字條：「△，從糸，呈聲，緸之異文。《說文》『緸，緩也。從糸，盈聲。

讀與聽同。△，緸或從呈。』」故原考釋者釋「聽」是有所根據。

「綎」字不見甲骨文，故以下列出金文、戰國文字、篆隸：

| 字　形 | | 文　例 |
|---|---|---|
| 金文 | （沈子它簋）〔註604〕 | 作△于周公 |
| 戰國 | （璽5485）〔註605〕 | |
| | （包218） | 誓△ |
| | （郭・成35） | 小人不△人於仁 |
| | （上二・容28） | 乃立后稷以為△ |
| | （楚帛書）、（仰天湖簡）〔註606〕 | |
| 篆隸 | （說文） | |

從以上字形右旁從「呈」，下部是「」形，但上部均為「口」形，實不見

如「」形，所以是否為「綎」字，並不能完全下定論。

---

〔註603〕楊澤生：〈《上博七》補說〉，http://www.gwz.fudan.edu.cn/articles/up/0318，2009.
　　　01.14。

〔註604〕出自《金文編》頁858。

〔註605〕出自《古文字類編》頁1008。

〔註606〕出自《漢語古文字字形表》頁505。

　　再看「緒」字。除了禤健聰所舉的例子比對「者」字偏旁外，筆者以楚簡上出現過的「緒」字加以比對。

　　「緒」字不見甲骨和金文，所以只列出現過的戰國文字。

| | 字形、文例 |
|---|---|
| 戰國 | 〔字形〕（陶三 923）、〔字形〕（包 263）「二△」〔註607〕 |

　　「緒」字的「者」旁，如：〔字形〕（包 263）所從「者」形的下部「〔字形〕」可以如禤先生的說法當作「〔字形〕」的省形，但是上部的「〔字形〕」和△字的上部不類，所以很難確定△字是「者」形。再者若讀為「緒」於文義上做何解？禤先生沒有進一步的說明。

　　「緒」字字例不多，以下筆者將比對楚文字「者」。滕任生《楚系簡帛文字編》第341頁到350頁的「者」字甚多，無法一一列舉，筆者擇其中幾例比對參考：

| 字　形 | 文　例 |
|---|---|
| 〔字形〕（郭‧緇 6） | 故君民△ |
| 〔字形〕（郭‧窮 6） | 而為△侯相 |
| 〔字形〕（郭‧尊 2） | 或前之△矣 |
| 〔字形〕（郭‧六 3） | 非聖智△莫之能也 |
| 〔字形〕（郭‧六 18） | 智不行△ |
| 〔字形〕（郭‧六 21） | 子也△ |
| 〔字形〕（上二‧容 30） | 三年而天下之人無訟獄△ |
| 〔字形〕（上一‧性 26） | 以故△也 |
| 〔字形〕（上一‧性 5） | 凡動性△ |
| 〔字形〕（上二‧子 9） | 三王△之作也 |
| 〔字形〕（上二‧魯 1） | 吾乃失△刑與德乎 |
| 〔字形〕（郭‧五 45） | 耳目鼻口手足六△ |

　　「者」字的字形多變，「者」字下部的「〔字形〕」形可以和「〔字形〕」字下部一樣，

---

〔註607〕出自《古文字類編》頁 1000。

即為「壬」形，而上部可以寫成「屮」如：甚（上一・性26）、甚（上一・性5）的上部一樣。如此一來和本簡的「者」形就極為類似。筆者試將△字的筆畫如同「者」字筆畫加以填補，以作更清楚的比對。

| 原字形 | 填補後字形 |
| --- | --- |
| | |

故△字為從「糸」從「者」的「緒」字的可能性不小。

再看「經」字。「經」字不見甲骨文，以下列出金文和戰國文字。

| | 字形、文例 |
| --- | --- |
| 金文 | （毛公鼎）「余唯肇△先王命」、 （虢季子白盤）、 （齊陳曼𠤦）〔註608〕 |
| 戰國 | （郭・太7）「以紀為萬物△」 |
| | （上二・容27）「禹乃通△渭」 |
| | （上三・周25）「六五：弗△，居貞吉」 |
| | （上三・彭2）「若△與緯」 |
| | （上四・內7）「佾，民之△也」 |
| | （上五・姑7）「想立△行」 |

以上所見「經」字右旁均從「巠」形，其上部為「Ⅲ」形，下部從「壬」，但上部不與「者」字上部同，不能確定是否是書手的訛寫，或是另一個未識字，故△字不能確定為「經」字。

但值得注意的是「　　　」右下有一個斷句符號（筆者以虛線表示並圈示），表示應在此處斷讀。

〔註608〕出自《金文編》頁857。

由以上字形的比對分析，筆者認為以禤健聰的意見比較可從。所以再進一步分析字義的部分。本句為「百姓之為緒」的句型。在古代文獻中「之為」用為助詞，表賓語提前的作用。〔註609〕如：

其一人專心致志，唯弈秋之為聽。《孟子·告子上》

——其中一人專心致志，只聽弈秋所說（下棋的方法）。

故人苟生之為見，若者必死；苟利之為見，若者必害。《荀子·論禮》

——所以如果人只看到生存，這樣必定走向死亡；如果人只看到利益，這樣必定引來禍害。

知者無不知也，當務之為急；仁者無不愛也，急親賢之為務。《孟子·盡心上》

——智者沒有不須知道的，但是急於知道應當致力的事；仁者沒有人不愛的，但是要先親近賢能的人。

秋貞案：「唯弈秋之為聽」就是「聽弈秋」；「生之為見」、「利之為見」就是「見生」、「見利」；「當務之為急」、「急親賢之為務」即是「急當務」、「務急親賢」。是故，「百姓之為緒」應為「緒百姓」之意。孫星衍今古文注疏《書·大告》「誕敢紀其緒」，「緒」與「序」通。〔註610〕《爾雅序》邢昺疏「爾雅緒」，序與緒音義同。《經義述聞·國語上·服物昭庸》「周旋序順」王引之按：「周旋順者，序，亦順也。《大戴禮記·保傅篇》曰：言語不序。周語上篇曰：時序其德。楚語曰：奔走承序。序，皆謂順也。」〔註611〕是故，「百姓之為緒」可以解釋為「讓百姓順服」之意，語義正好承接上一句「使民不逆而順成」。

所以筆者同意禤健聰認為此字釋「緒」，但是還有若干不同的意見：

甲、禤健聰認為「民不逆而順成」與「百姓之為緒」兩句皆為「使」的賓語。筆者提出不同的看法：如果「百姓之為緒」為「緒百姓」，那麼「緒」應為「動詞」不為「名詞」，是故「使」的賓語不能是「百姓之為緒」，否則「緒」即作為「名」詞，不合於古代「之為」的語法習慣。

---

〔註609〕陳霞村編、左秀靈校《古代漢語虛詞類解》，台北，建宏出版社，1995 年，頁 732。
〔註610〕宗福邦、陳世鐃、蕭海波主編《故訓匯纂》下冊，北京：商務印書館，2007 年 9 月，頁 3262～3263。
〔註611〕宗福邦、陳世鐃、蕭海波主編《故訓匯纂》下冊，北京：商務印書館，2007 年 9 月，頁 1293。

乙、禤健聰以為的「此處『丹書之言』實應到『而敬者萬世』而止，此句不應視為『丹書之言』的一部分，而是『太公望』告誡武王的話。」。筆者的看法認為，丹書之言應是「志勝欲則昌，欲勝志＿則喪＿，志勝欲則從＿，欲勝志則兇。敬勝怠則吉＿，怠勝敬＿則滅＿」這六句而已，後面的「不敬則不定＿，弗強則枉，枉者敗＿，而敬者萬世＿。使民不逆而順，成百姓之為緒」不算於丹書之語，而是太公望給武王引申解釋的話，也是回應乙本簡 11 的文句：「武王問於太公望曰：『亦有不盈於十言，而百世不失之道，有之乎？』太公望答曰：『有。』」是故此處的太公望以「不盈於十言」，其實只有六句的丹書之言告誡武王。另外一個理由是：在楚簡甲本中並無「不敬則不定＿，弗強則枉，枉者敗＿，而敬者萬世＿」這一段，所以此段不是「丹書之言」更加確定。至於後人會認為「丹書之言」包含此段，可能原因應是受今本的影響。

「不敬則不定＿，弗強則枉，枉者敗＿，而敬者萬世＿。使民不逆而順成，百姓之為緒」是太公望回應武王在簡 11 的「百世不失之道」的話，同時也可以是太公望期勉武王的總結之語。最後才再加上「丹箸之言又之」為結束語，再次回應簡 11 武王問「有之乎」，而太公回答「有」之言。其實是屬於前後呼應的寫法。以下表列比對，更為清楚。

| 簡 11「武王之問」 | 簡 15「太公之答」 |
|---|---|
| 亦有不盈於十言， | 志勝欲則昌，欲勝志＿則喪＿，志勝欲則從＿，欲勝志則兇。敬勝怠則吉＿，怠勝敬＿則滅＿（六句） |
| 而百世不失之道。 | 不敬則不定＿，弗強則枉，枉者敗＿，而敬者萬世＿。使民不逆而順成，白姓之為緒。 |
| 有之乎？ | 丹箸之言又之。 |

總之，丹書之言應是有整齊的押韻和句式，甲乙本都有這種現象。將甲乙本的「丹書」之言表列比對如下：

| 甲本丹書 | 乙本丹書 |
|---|---|
| 怠勅（勝）敬則喪，敬勅（勝）怠則長。<br>義勅（勝）谷（欲）則從，谷（欲）勅（勝）義則兇。 | 志勅（勝）欲則昌，欲勅（勝）志＿則喪＿。<br>志勅（勝）欲則從＿，欲勅（勝）志則兇。<br>敬勅（勝）慇（怠）則吉＿，慇（怠）勅（勝）敬＿則威（滅）＿。 |
| 慇（仁）吕（以）尋（得）之，慇（仁）吕（以）獸（守）之，元（其）箄（運）百殪（世）。 | |

| 不悬（仁）吕（以）尋（得）之，悬（仁）吕（以）獸（守）之，亓（其）箽（運）十殜（世）。 不悬（仁）吕（以）尋（得）之，不悬（仁）吕（以）獸（守）之，及於身。 | |

甲乙本的「丹書」之言雖多少有些許詞句上的出入，但句式都為句法相似的排比句型，這也符合容易記憶和宣讀的目的。

太公告誡武王丹書之言的用意是期望武王修德崇敬，泯忿除欲，行仁以得天下民心，如此便能使人民百姓順承服從，國祚百世萬世而不悖也，丹書所言，可謂教之諄諄也。

### 2. 整句釋義

期盼武王能使人民不逆亂，讓百姓順承服從。丹書上有這些話。

# 第三章　結　論

## 第一節　〈武王踐阼〉釋文與語譯

### 一、釋　文

#### （一）甲　本

☐王𦒣（問）於帀（師）上（尚）父，曰：「不智（知）黃帝、耑（顓）珥（頊）、堯、𡘱（舜）之道才（在、存）虐（乎）？畜（意）幾（豈）喪不可𡘱（得）而訨（睹）虐（乎）？」帀（師）上（尚）父曰：【1】「才（在）丹箸（書）。王女（如）谷（欲）𥄂（觀）之，盍醓（祈）虐（乎）？牆（將）吕（以）箸（書）見。」武王醓（祈）三日，耑（端）備（服）、鈚（冕），衾（踰）堂（堂）敚（階），南面而立。帀（師）上（尚）父【2】曰：「夫先王之箸（書）不异（與）北面。」武王西面而行，柚（曲）折而南，東面而立。

　　帀（師）上（尚）父奉箸（書），道箸（書）之言，曰：「怠【3】勅（勝）敬則喪，敬勅（勝）怠則長。義勅（勝）谷（欲）則從，谷（欲）勅（勝）義則兇。悤（仁）吕（以）𡘱（得）之，悤（仁）吕（以）獸（守）之，亓（其）𥳑（運）百【4】殜（世）；不悤（仁）吕（以）𡘱（得）之，悤（仁）

吕（以）獸（守）之，亓（其）箽（運）十殜（世）；不悬（仁）吕（以）尋（得）之，不悬（仁）吕（以）獸（守）之，及於身。」

　　武王甯（聞）之志（恐）覒（懼）。為【5】戒名（銘）於箸（席）之四耑（端），曰：「安樂必戒。」右耑（端）曰：「毋行可懋（悔）。」箸（席）逡（後）左耑（端）曰：「民之反宿（側），亦不可志。」逡（後）右耑（端）曰【6】：「殷諫不遠，視而（爾）所弋（代）。」所（樞）機曰：「皇＝（皇皇）隹（惟）堇（謹），口生敬，口生唗（詬），嚞（慎）之口＝（口口）。」檻（鑑）名（銘）曰：「見亓（其）前，必慮亓（其）逡（後）。」【7】盥鑑（盤）名（銘）曰：「與亓（其）溺於人，寍（寧）溺＝於＝淵＝（溺於淵，溺於淵）猶可游，溺於人不可求（救）。」桯名（銘）雁（諺）：「毋曰可（何）惕（傷），㦸（禍）牕（將）長；【8】毋曰亞（惡）害，㦸（禍）牕（將）大；毋曰可（何）戔（殘），㦸（禍）牕（將）言（延）。」柸名（銘）雁（諺）曰：「亞（惡）至＝（危？危）於忿連（戾）。亞（惡）迮＝（失？失）道於脂（嗜）谷（慾）。亞（惡）【9】忘＝（忘？忘）於貴福。」卣名（銘）雁（諺）曰：「立（位）難尋（得）而惕（易）迮（失），士難尋（得）而惕（易）籫（間）。」毋堇（勤）弗志，曰余（余）智（知）之。毋【10】

　　（二）乙　本

　　武王甯（問）於大（太）公赶（望）曰：「亦又（有）不涅（盈）於十言，而百殜（世）不迮（失）之道，又（有）之虐（乎）？」大（太）公赶（望）合（答）曰：「又（有）。」武王曰：「亓（其）道可尋（得）【11】而甯（聞）虐（乎）？」大（太）公赶（望）合（答）曰：「身則君之臣，道則聖人之道。君齋，牕（將）道之；君不祈，則弗道。」

　　武王齋七日，大（太）【12】公赶（望）奉（捧）丹箸（書）吕（以）朝＿，大（太）公南面，武王北面而返（復）甯（問）。大（太）公合（答）曰：「丹箸（書）之言又（有）之曰：『志勑（勝）欲則【13】昌，欲勑（勝）志＿則喪＿，志勑（勝）欲則從＿，欲勑（勝）志則兇。敬勑（勝）怠（怠）則吉＿，怠（怠）勑（勝）敬＿則威（滅）＿。不敬則不定＿，弗【14】力則椎＝（枉，枉）者敗＿，而敬者萬殜（世）＿。吏（使）民不逆而訓（順）

城（成），百眚（姓）之為緒。』丹箸（書）之言又（有）之┗。【15】

## 二、語　譯

### （一）甲　本

武王問師上父說：「不知黃帝、顓頊、堯、舜的道統還存在嗎？還是喪失，不可能再見到了呢？」師上父說：「在丹書。王如果想要看它，何不行齋戒祈禱之儀？我將以丹書顯示予您。」武王齋戒三天之後，穿戴整齊的禮服和禮帽，從堂上的階梯走下來。（武王）面向南而立。師尚父說：「先王的丹書，不能北面告授。」武王向西而行，轉了一個彎往南而行，後來面向東方而立。

師尚父捧著丹書，傳述丹書上的話說：「如果懈怠戰勝敬慎，則將滅亡；而敬慎戰勝懈怠，則能保持久遠。如果正義戰勝貪欲，則民為順從；而貪欲戰勝正義，則因惡暴而產生擾亂。有仁厚之德而得天下之人心，也以仁厚之德持守國土，其國運可達百世。無仁厚之德而得到百姓，但如果能持守用仁，則其國運可達十世。無仁厚之德而得到百姓，而又不能持守用仁，則國運只能及於自身而止。」

武王聽聞丹書之言，戒慎恐懼。在席子的四端刻上銘言：「安逸享樂一定要戒除。」在右端刻銘曰：「不要做出會後悔的事。」席後左端刻銘曰：「人民之民心向背會有所反覆，還不能記取教訓嗎？」後右端刻銘曰：「殷商的鑑戒不遠，看看你所取代的殷朝（就能得到教訓）。」樞機上刻銘曰：「言語容止之美盛端正，要很謹慎啊！說話得體，會讓人欣賞而尊敬；話說得不恰當，會遭人詬病而蒙羞，所以要謹慎『口生敬，口生垢』這句話啊！」鑑上鑄銘曰：「瞻其前，也得顧其後。」盥盤刻銘曰：「與其沉溺於小人的諂佞，寧可溺於深潭中；溺於深潭中，還可因奮力游泳而得生，但沉溺於小人的諂佞之中，反不易自省而無可救藥。」牀棖上刻銘，諺曰：「不要說這有何毀傷，如此禍患會更加增長；不要說這有什麼害處，如此禍患會更加擴大；不要說這有什麼殘損，如此禍患會更延續不止。」鼓器上刻銘，諺曰：「什麼情況下會危及正道？在於自己有暴戾忿怒之氣時；什麼情形下會失去正道？在耽溺於耳、目、口、舌之欲時；什麼情形下會忘卻正道呢？在得到富貴之後容易忘卻正道。」卣器上刻銘，諺曰：「天下之位難得，但容易失去。治國人才難得，也容易被離間。」若不能謹慎持守也不能謹記於心，而說「我知道了」；不能……。

## （二）乙　本

武王問太公望：「亦有不多於十句，而百世不失之道，有這樣的話嗎？」太公望回答說：「有。」武王說：「其道可得而聽聞嗎？」太公望回答：「我只是君王的臣子，此道則是聖人的大道。君王要先行齋戒之後，我才能告訴您，如果沒有齋戒，就不能告訴您。」

武王齋戒七天之後，太公望捧著丹書入朝，太公面向南面，武王面向北面，又再問一次。太公回答說：「丹書上有說：『心志克制欲望則昌盛，欲望克制了心志則會喪亡；心志克制欲望則順遂，欲望戰勝了心志則會有危險；態度敬慎克制怠慢則會吉祥，態度怠慢戰勝了敬慎則會導致滅亡。』態度不恭敬則天下不能定，不能堅固信念則會妄生衰曲，一旦衰曲了就會導到敗亡，而懂得態度恭敬持守，就能使國祚延續萬代而不衰。期盼武王能使人民不逆亂，讓百姓順承服從。丹書上有這些話。」

## 第二節　本論文的研究成果

本論文的考釋，要感謝在文字學界前輩學者們的努力，敝人只是在這些基礎上盡力而為，不敢說有所成就。筆者研究楚簡〈武王踐阼〉篇的「文字考釋」部分共處理其中諸位學者討論爭議處共 93 處，為了方便後人對本論文的快速了解並查詢翻閱，本節茲將筆者所考釋的成果中擇取 18 條作一簡單的介紹。這 18 條主要包括：1. 前輩學者已有所釋讀，但還未確釋，筆者再加強證據得以確識的文字。2. 前輩學者已有所釋讀，但是有必要補強證據、或資料的部分文字。3. 未見前輩學者們釋讀考釋的文字，筆者認為有研究之必要而加以考釋的文字。以下以簡序先後順序列出：

1. 簡 1「菁」（意）（第二章第一節）

「菁」，簡本上的字形為「［圖］」，原考釋者、廖名春、黃懷信、何有祖、復旦讀書會、劉洪濤認為應屬下讀。孔穎達、王聘珍、方向東認為應屬上讀。經筆者從句意和「菁散」一詞的結構判斷，「菁」字應屬下讀。

2. 簡 1「幾」（豈）（第二章第一節）

簡本上的字形為「［圖］」，有釋「微」和「幾」字。釋「微」有：陳佩芬，當「衰亡」之意；何有祖，當「衰微、衰敗」；陳偉，當「微茫」；小龍，將其

讀為豈、階；高佑仁，當「微亡」；劉洪濤，當「微喪」；宋華強，當「微忽」。釋「幾」有：上海博物館書法館，作「豈喪」解；廖名春，作「幾喪」解；讀書會，作「意豈」解；林清源，作「意幾」和「意豈」可通。筆者認為簡1[圖]隸為「幾」讀為「豈」。因為簡1「酋」字屬下讀，故簡1的這一句「意[圖]喪……」為「意豈喪……」，於義為佳。古文獻「意豈」即「抑豈」作為選擇連詞多見。

### 3. 簡1和簡4的「喪」（第二章第一節）

「喪」，簡本上的字形簡1「[圖]」、簡4「[圖]」。原考釋者釋為「喪」；廖名春認為 隸為「峀」；季師旭昇認為此字讀為「喪」較好；高佑仁認為直接讀為「亡」字即可；宋華強釋為「忽」。筆者認為「 」即是「桑」字的減省或因「喪」字會呈現「[圖]」、「[圖]」形或加口形的「[圖]」或加「[圖]」形，故「 」加「口」形，別於「亡」字，以釋為「喪」字為佳。

### 4. 簡2「□」（於）（第一章第一節）

「□」字沒有考釋其字，原考釋者和讀書會均以今本釋「才」字，讀為「在」對照今本亦是「在」字。筆者認為「□」字和「才」字的筆畫不同，不應是「才」，以為「於」字和此殘字比對，筆畫較合，故推測可為「於」字，並舉古代文獻為例，加以證明。

### 5. 簡2兩個「蠚」（祈）（第二章第一節）

本簡一共出現三個「祈」字和二個「齋」字。簡2「蠚」字，是諸位討論最多的部分。原考釋者釋為「祈」讀為「齋」；廖名春釋為「齋」；讀書會釋「祈」，主張這兩種不同字應是同一類活動；侯乃峰主張這兩種是同一活動。「祈」從「斤」聲，和「齊（齋）」有通假關係；張振謙釋讀為「齋」；劉洪濤認為都是「齋」的異體；宋華強認為可能是「禋」或「亙」字的異體。筆者將「齊」、「齋」、「祈」三字的甲骨、金文到戰國文字都作比較分析，筆者發現「[圖]」、「[圖]」字上半部從「祈」，而下半部則從「言」。金文和戰國文字「祈」字都有從「言」的例子，故筆者認為「[圖]」、「[圖]」字是「祈」字，在此也讀如本字，可以和「齋」是一樣的意思。

### 6. 簡2「見」（現）（第二章第一節）

「見」字，楚簡上的字形「」。基本上以原考釋和讀書會所釋可從。此字在楚簡上都讀為「視」。筆者認為「見」字可讀為「現」，聲韻可通，並有「顯示」之意，有可以不接賓語的例子。

### 7. 簡2「堂」（堂）（第二章第一節）

「堂」字，簡本上字形為「」。原考釋者、廖名春、復旦讀書會均釋「堂」；何有祖釋「當」。李銳肯定字形上部從「尚」。原考釋所隸「堂」為正確的，但在字形上未分析，筆者認為以「土」和「立」形互作的情形為據，故釋為「堂」字。

### 8. 簡4「兇」（第二章第二節）

「兇」，簡本上字形為「」。原考釋者釋「兇」、復旦讀書會從之，但均無分析字形。何有祖釋為「兇」，但認為字形下半部可能是書手受「心」寫法的影響而形成的衍筆。蘇建洲認為此字上半部從「凶」聲，下半部是省「心」形的「恖」字，仍可以讀為「兇」。

筆者分別考釋「恖」和「兇」字。「恖」字從甲骨的從「心」和上有一符號表「通徹」的表意字開始，一直發展到楷字從「心」從「囟」的形聲字，都留有甲骨金文字形表一「通徹」的特徵和「從心」的共同點，而且一直到後期隸楷才由「囟」、「勿」取代那表「通徹」的一豎或一點，於是後人不了解其本義。筆者還發現戰國楚文字的「恖」旁多以「兇」或「凶」取代，形成楚文字的特色。「兇」字，都是上從「凶」下「冂」形或「儿」、「人」、「」形。「兇」字不從「心」形。此字不能釋作「恖」應釋讀為「兇」才是。

### 9. 簡5「殜」（世）（第二章第二節）

「殜」，簡本上的字形為「」簡11、簡15「」的「世」字右上從「亡」部。這字的右半部應是從「枼」省，如「」字，而不是從「葉」，故「　」字，從「枼」省、從「死」聲。而這「　」字，也可以認為和「」是一樣的字，只是排列寫法不同而已，前者左右排列，後者上下並列。「殜」形，從「枼」省從「死」聲，有「身殁」之意，一身死，即一世，其「死」和「世」

有聲韻的關係而形成通假。「殜」字在楚國的當時是有其意義也比較通行的字體。

### 10. 簡6「毌行可悬」一句（第二章第三節）

原考釋者將「毌」釋為「莫」。「行可」釋為「道之可行」之意。「悬」釋為「悔」，「教導」之意。但筆者認為「毌」通「無」、「悔」通「悔恨」，今本作「無行可悔」可從。意如《論語·為政》：「多見闕殆慎行其餘則寡悔。」見危者闕而不行，慎行其餘不危者，則少悔恨也。而且「毌行可悬」的斷讀為「毌行，可悬」，和前一句「安樂，必戒」可相對偶，於義為長。

### 11. 簡6「亦不可志」一句（第二章第三節）

復旦讀書會釋此句為「亦不可[不]志」；今本作「亦不可以忘」；劉洪濤同意復旦讀書會的看法，將「以忘」校改為「不志」是正確的。筆者認為應是簡本的「亦不可志」為佳，原因有二：一、為了合韻：武王席銘「戒」、「悔」、「志」、「代」，之職部押韻可通。故以「志」比「忘」為佳。二、對偶的條件要字數相等。「民之反側，亦不可志」對上「殷諫不遠，視而所代」，每句八字。筆者認為把「亦不可志」當作「問句」的形式「亦不可志乎」，而「乎」字為了對句可省略，應該可解為「還不能記取（教訓）嗎？」前句一問，後句正好一答，語義有所承。故簡本的「亦不可志」並無訛誤，而且應作「問句」形式。

### 12. 簡7「所（樞）機」一詞（第二章第三節）

原考釋者釋「為」字簡本上的字形為「〔圖〕」，但是沒有字形的分析和說明。原考釋者釋簡本的「機」字形為「〔圖〕」，也沒有解釋為何物，只列出此句釋文。復旦讀書會釋「為几」。劉洪濤釋「機」應為弩機。蘇建洲沒有確認釋「為」字，但認為「為」字左旁和楚簡色字所從卩形近。並提示「機」字似與「口舌」有關。何有祖釋「扉几」，指宮室屋角隱蔽之處的几案。劉剛認為「憑几」。程燕認為是「戶几」。

筆者先研究「機」、「机」、「几」字的流變。證明劉洪濤所言：「『几』或『机』表示憑几和几案，不用『幾』或『機』；用『幾』、『機』和『鐖』表示弩機及其引申義，不用『几』或『机』」，「几」、從「几」的字和「幾」、從「幾」字的用法是有區別的。在此簡本上的「機」應是「弩機」，劉洪濤所說可從。

另外「」，和甲骨金文和戰國文字的「為」字不同，於義上也甚不合理。程燕將此字所從的「」認為是古文字常見的「戶」形，此字所從的「」亦應為「戶」，他認為△應為「戶」字繁體，其說有待商榷。筆者認為「」應釋為「所」的省形。「广」形中的「」形為「斤」形。「」形正如程燕所言，應為「戶」字。根據吳振武考釋「」字釋為「戶」。「」形和「」形合起來即是「所」字，「」形書於左旁，「」形書於右旁，故和一般「所」字形成左右顛倒的情形，於是△字應是「所」字的異體，書手為了有意區別「」字，所以寫得不同。

故筆者認為「」「」兩字就是「所機」，「所」上古音在山紐魚部，「樞」字在昌紐侯部，聲紐都是正齒音，韻部魚侯旁轉。故可以釋為「樞機」即是「弩機」一類的器物。

### 13. 簡7「皇＝隹菫，口生敬，口生咷，譶之口＝」一句（第二章第三節）

原考釋讀為「皇皇惟謹，怠生敬，口生詬，慎之口口」；讀書會讀為「皇皇惟謹口，口生敬，口生咷，慎之口口」；郝士宏讀為「皇皇唯敬口，口生敬，口生怠，慎之口口」；劉洪濤讀為「皇皇惟敬口，口生敬，口生咷（殆），慎之口口」；今本「皇皇惟敬，口生咷，口戕口」。筆者認為「皇＝隹菫」一句的隸定是正確的。然後推測「菫」和「生」之間，即字與字之間的距離，應只容得下「口」字，不太可能是原考釋者所隸的「囟」（怠）「」。所以研判應該是如讀書會作「口」字比較可從，讀為「口生敬」。

裘錫圭提到「句子重複也是重文」的看法，再加上楊錫全對「承上重文」的研究，讓筆者對「皇＝惟謹口＝生敬口生咷慎之口＝」這一句有一些觸發，所以筆者大膽研判：

　　甲、在「慎之口＝」有重文號，而「皇皇惟謹」的「口」下無重文號，那麼這一句為：「皇皇惟謹口生敬口生咷慎之口＝」，其斷句可以為：「皇皇惟謹，口生敬，口生咷，慎之『口生敬，口生咷』」。

　　乙、在「慎之口＝」有重文符號，而「皇皇惟謹」的「口」下也有重文符

號，釋為「皇皇惟謹口＝」，那麼這一句為：「皇皇惟謹口＝生敬口生嘻慎之口＝」，斷句應為「皇皇惟謹，口生敬，口生嘻，慎之『口生敬，口生嘻』」，這個「慎之口＝」的重文號可以表示要重覆「口生敬，口生嘻」這一句。

丙、在「慎之口＝」有重文號，而「皇皇惟謹」的「口」字上有重文符號，釋為「皇皇惟謹＝口」，那麼這一句為：「皇皇惟謹＝口生敬口生嘻慎之口＝」，斷句應為「皇皇惟謹，口生敬，口生嘻，慎之『口生敬，口生嘻』」，這個「慎之口＝」的重文號可以表示要回到前面去重覆「口生敬，口生嘻」這一句。

總之，「慎之口＝」的重文號，有標示作用，表示要回讀「口生敬，口生嘻」這一句。筆者期待更多出土的材料可以證明這個臆測。

## 14. 簡8「宋」（淵）（第二章第三節）

「宋」，楚簡上字形為「▓」。原考釋、讀書會釋「淵」；程燕釋「深」；蘇建洲釋為「泉」。筆者分析「淵」、「深」、「泉」三個字的甲金文和戰國字形演變，得出三個結論：一、從字形來看，在戰國楚文字讀為「淵」和「泉」通用的可能性。二、從韻讀來看，「與其溺於人（真部），寧溺於宋（淵）（真部）」可以直接合韻。三、從字義上，「泉」會「泉水從山石間流出來」之意，而「淵」有「深水」意，較合於「沈溺」的意涵。故戰國楚文字中的「淵」和「泉」有通用的可能，但此處應隸為「淵」，讀為木字。

## 15. 簡8「桯」（第二章第三節）

「桯」，簡本上字形為「▓」。原考釋者隸為「桯」讀為「楹」，有「柱」和「牀前几」兩種解釋；復旦讀書會釋為「楹」，「柱」之意；今本都釋為「柱」。筆者探討「桯」和「楹」字在戰國時期的本義。

「桯」和「楹」字《說文》本義不同，到了宋朝，「桯」、「楹」混用，「桯」、「楹」因讀音同而將「桯」字當作「楹」字的異體字，後來演變為「桯」字也釋為「柱」了。「《方言》「楊前几，凡江沔之間曰桯。」「江、沔」地區屬於以郢都為核心的楚方言地區。戰國時期的「桯」字，沒有「楹柱」的意思。「桯」即是「床前几」。

16. 簡 9「梠」（第二章第三節）

「梠」，楚簡上的字形「」，原考釋者隸為「梠」，釋為「枝」，沒說明原因；讀書會釋為「杖」，「枝」和「杖」是一字的分化，或是字形訛誤；劉洪濤釋為「卮」，也就是「欹器」；劉信芳釋為「枝」，再經包山簡的考釋類推，認為應為「杖」；劉雲讀為「策」，再由「策」意的「杖」字所取代。

筆者從字形、字音上和銘文對應器物這三方面來看，以「杖」作為此句銘文的對應器物，還有很多未能圓滿解釋的地方，故不能確釋此字為「杖」。李學勤在一件青銅器上有自名為「觚」，另外又有幾件自名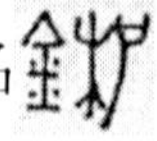、、、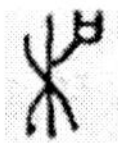的青銅器，這些器的「只」旁都和戰國文字比對都可釋為「只」。李學勤認為這些器都應是「卮」器。

是故，可以推論「梠」為「卮」補充劉洪濤的推論。我們從文獻上知「欹器」又稱「宥卮」，但是目前未見直接證據說「卮」器如古所言之「欹器」。目前筆者以此器對應的銘文佐證為「欹器」的可能性頗大。

17. 簡 10「卣」（第二章第三節）

「卣」，簡本上的字形為「」，原考釋者隸為「卣」釋為「牖」，即今之窗也；讀書會同原考釋釋為「戶牖」的「牖」；劉洪濤釋為「戶」。

從字形上「卣」和「牖」不類，從字音上兩字上古音都是喻紐幽部，聲韻皆同，是有同音假借的可能，但目前沒有更直接的資料證明「牖」「卣」兩字通假。另外「卣」和「戶」的筆畫筆順都不同，故不為「戶」。

從甲骨金文「卣」都當「酒器」，目前所見青銅酒器「卣」和「卣」字形有很大的差距，以目前所見考古的「卣」都沒有自名為「卣」，「卣」是因宋人而定器名，故真正的「卣」器形貌如何？待考。

不過筆者和季師討論的結果，傾向將「瓠壺」認為可能是「卣」器的原始形態。甲、金文裡的「卣」字如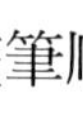（京津 4234）、（京津 4234）、（合 27301）、（臣辰卣）、（毛公鼎）等字，下部都有一個象盛座的器物，表示此物如果不加一個盛座加以支撐，其下部應是不穩的，正如此器對應的銘文所言「其位易失，其士易間」一般，容易因不能穩固而有失策。故以「卣」字的字形判斷，很能符合銘文的意涵。「」字非「戶」也非「牖」，而是「卣」

這種酒器，其形如葫蘆，在此器物上刻上銘文以告誡武王勿耽酒而亡國，是很貼切的。

18. 簡 12「㠯」字（第二章第四節）

簡 12 的「㠯」，字殘「」，原考釋釋「㠯」。筆者以字形筆畫比對推論，也可能釋「而」。

# 第四章 餘 論

　　有關楚簡〈武王踐阼〉的文字考釋部分已由第二章中討論過，而且筆者也在第三章結論中對全篇的語譯作了整理。除此之外，楚簡〈武王踐阼〉和今本《大戴禮記》〈武王踐阼〉篇之間存在著很大的差異，尚有值得研究之處。故本章主要從四個方面來探討：第一節要談楚簡本和今本的比較；第二節是探討〈武王踐阼〉的版本和價值；第三節要探討楚簡本〈武王踐阼〉的書手問題；第四節要探討楚簡本〈武王踐阼〉的韻讀部分。

　　筆者認為除了文字考釋之外，楚簡〈武王踐阼〉的出土價值還很多元，可以供後人研究《禮記》方面的問題、楚簡成書的載體和構成問題、戰國時期楚國語言的問題等等。因為筆者的所學有限，不能一一深究這些奧妙，先作個粗淺的比較探討，相信未來會更多學者專家對此做更深入的研究。

## 第一節　楚簡本和今本的比較

　　出土的楚簡本〈武王踐阼〉有今本《大戴禮記・武王踐阼》篇可茲對照，著實讓我們研究戰國楚文字者很大的方便，但是因為今本是經過長時間的流傳，難免有所失真，故我們在使用今本對照時要小心求證。從第二章筆者對文字考釋的結果，可以見到楚簡本不同於今本之處。在本章中筆者將楚簡本和今本作較系統的比較。

　　比較的內容有楚簡本〈武王踐阼〉甲乙本，甲本簡 1～簡 10，乙本簡 11～簡 15。〔註 1〕今本部分以文淵閣版的〈武王踐阼〉為主，〔註 2〕另外《禮記‧學記》篇中孔疏提到和東漢鄭玄所見的版本有所不同，也將羅列比較。〔註 3〕只是《禮記‧學記》提到〈武王踐阼〉的一小部分，並不見全貌，大約相當於楚簡第 5 支簡的內容而已。筆者採取的方法是：依簡序以表格的方式將不同版本、不同的內容列出，其間也列出各學者討論發表的成果，之後再由筆者綜合意見，或再分析深究。

　　（一）

| 東漢鄭注版本 | 唐代孔疏版本 | 楚簡本 | 今本（文淵閣） |
|---|---|---|---|
| 武王踐阼，召師尚父而問焉，曰：「昔黃帝、顓頊之道存乎？意亦忽不可得見與？」師尚父曰： | 帝、顓頊之道存乎意？亦忽不可得見與？ | 【1】武王問於師尚父，曰：「不知黃帝、顓頊、堯、舜之道在乎？意豈喪不可得而睹乎？」師尚父曰：【11】武王問於太公望曰：「亦又不盈於十言，而百世不失之道？有之乎？」太公望答曰：「有」武王曰：「其道可得 | 武王踐阼三日，召士大夫而問焉，曰：「惡有藏之約，行之行，萬世可以為子孫恆者乎？」諸大夫對曰：「未得聞也。」然後召師尚父而問焉，曰：「昔帝顓頊之道存乎？意亦忽不可得見與？」師尚父曰： |

▲討論 1

　　廖名春在〈楚簡《武王踐阼》篇管窺〉中說到因今本的開頭還有「武王踐阼，三日，召士大夫而問焉，曰：『惡有藏之約，行之行，萬世可以為子孫恆者乎？』諸大夫對曰：『未得聞也』」一段，是楚簡本所無，故推論楚簡 1 並非楚簡《武王踐阼》篇的首簡，之前至少還有一支簡。

　　　　楚簡「王問於師尚父曰」句前今本有「武王踐阼，三日，召士大
　　　　夫而問焉，曰：『惡有藏之約，行之行，萬世可以為子孫恆者乎？』
　　　　諸大夫對曰：『未得聞也』」一段。楚簡所謂「王」，乃指「武王」。正

---

〔註 1〕馬承源主編《上海博物館藏戰國楚竹書（七）》（上海：上海古籍出版社，2008 年 12 月），頁 151。以下楚簡所引皆出此處，不再另註。

〔註 2〕馬承源主編《上海博物館藏戰國楚竹書（七）》（上海：上海古籍出版社，2008 年 12 月），頁 166。以下今本所引皆出此處，不再另註。

〔註 3〕《禮記‧學記》，十三經注疏，清‧阮元，文選樓藏本，清‧嘉慶二十年重刊宋本，新文豐出版公司印行。以下鄭注、孔疏所引皆出此書，不另註。

是因為上文已稱「武王」，故此處簡稱「王」。由此可知，簡 1 並非楚
簡《武王踐阼》篇的首簡，在簡 1 之前，至少還有一支楚簡。這支楚
簡，除了有「武王」之稱外，可能內容與今本大致相同。〔註4〕

　　劉洪濤在〈用簡本校讀傳本〉一文中認為簡本「不盈於十言」，即傳本的
「藏之約」，簡本「百世不失」，即傳本的「行之萬世」。簡本的「道」，即傳本
的「恆」，而且應該是用作「極」。

　　簡本、傳本兩句都是問先王之道，文意相近。簡本「不盈於十
言」，言甚簡要易保有之言也，即傳本的「藏之約」。諸家訓「藏」
為守為懷，訓「約」為少為要為省，皆是也。據簡本，「藏之約」和
「行之萬世」的「之」皆當指言，諸家之注唯盧辯得之。簡本「百
世不失」，即傳本的「行之萬世」。

　　簡本的「道」，即傳本的「恆」。「恆」訓常訓久，跟「道」的
意思都不近。出土戰國文獻中「恆」都寫作「亙」，而「亙」經常
用作「極」，這方面的例子裘錫圭先生曾集中舉過，可以參看（裘錫
圭《是「恒先」，還是「極先」？》，「中國簡帛學國際論壇 2007」研討會論文，
臺灣大學 2007 年 11 月）。《詩・商頌・殷武》「四方之極」，《後漢書・
樊準傳》引「極」作「則」，馬瑞辰《毛詩傳箋通釋》曰：「極，亦
法也。」法則的意思跟道很近，因此傳本的「恆」也應該是用作「極」
的。〔註5〕

**秋貞案：**

　　今本的開頭有此一段，而楚簡本無，甲本的開頭因簡 1 上端殘，原考釋者
和復旦讀書會都認為可能漏一「武」字，是否如廖名春所言之前還有一簡，目
前為止未見有更新的出土材料證實，不敢斷定。

　　筆者認為甲本雖沒有如今本這一段，但是乙本的開頭，簡 11：「武王問於
大公望曰：『亦又不盈於十言，而百世不失之道？有之乎？』大公望答曰：『有。』
武王曰：『其道可得而聞乎？』」此段和今本的共通之處是楚簡「不盈於十言」

─────────────────

〔註4〕廖名春：〈上海博物館藏・楚簡《武王踐阼》篇管窺〉，刊於《中國出土資料研究》
　　　第 4 號，收入作者文集《新出楚簡試論》，臺灣古籍出版有限公司，2001 年。（以下
　　　廖先生所言若同出於此篇，即不再另注）

〔註5〕劉洪濤：〈用簡本校讀傳本《武王踐阼》〉，http://www.bsm.org.cn/show_article.php?
　　　id=997，2009.03.03。（以下劉先生所言若同出於此篇，即不再另注）

意近於今本「藏之約」；楚簡「而百世不失之道？」和今本「行之行，萬世可以為子孫恒者乎？」有異曲同功之妙。盧辯曰：「約言而行之，乃行萬世而猶得其福。」汪照曰：「守約而博施，善道也，傳之萬世可以為子孫常法。」王聘珍曰：「藏，懷也。約，少也，要也。行之行，謂施則行也。」〔註6〕故「藏之約，行之行，萬世可以為子孫恒者」和「不盈於十言，而百世不失之道」意近，劉洪濤之說可從。甲本雖無，但乙本和今本此處可以相輝映，所以乙本有此段似乎可以和甲本有所互補。

　　至於劉洪濤認為「恆」作「極」，則為簡本的「道」。這部分若以裘先生在〈是「恒先」，還是「極先」？〉一文中也未有肯定的答案，他認為「『極先』跟『道』雖然不能簡單地劃等號，它們的性質顯然是類似的」，「從楚簡用字習慣和〈互先〉文義來看，『互先』、『互氣』應讀為『極先』、『極氣』。」〔註7〕以上「恒」作「極」是在戰國出土的簡帛中發現的現象，也可能是楚簡中用字的習慣，但目前出土的楚簡本〈武王踐阼〉無「萬世可以為子孫恒者乎？」一句，故將今本的「恒」字和簡本的「道」字對舉，有失允當。

　　▲討論2

　　廖名春認為：楚簡的「黃帝、顓頊、堯、舜之道」一句，唐孔穎達所見的版本在這一句的前面脫漏了「黃」字，而其版本應和今本一樣。另外，簡本多「堯、舜」，顯見簡本道統的觀念比較強。他還認為，傳抄過程中容易簡省，所以今本少「堯、舜」正表示今本可能後於簡本。

　　　　楚簡的「黃帝、顓頊、堯、舜之道」今本作「黃帝、顓頊之道」，
　　　　少「堯、舜」二位，而孔穎達《禮記‧學記》疏說：「今檢《大戴禮》，
　　　　唯云『帝顓頊之道』，無『黃』字。或鄭見古本，不與今本同。或後
　　　　人足『黃』字耳。」（見《十三經註疏》頁1524）這是說，唐時尚有「唯
　　　　云『帝顓頊之道』」的本子流行。依顧頡剛的「層累造成」說：「時
　　　　代愈後，傳說古史期愈長。」（《與錢玄同先生論古史書》，《古史辨》上海古
　　　　籍出版社，1982）當時孔穎達所見「唯云『帝顓頊之道』」的本子最早，
　　　　而言「黃帝、顓頊、堯、舜之道」的楚簡本和稱「黃帝、顓頊之道」

〔註6〕方向東撰：《大戴禮記滙校集解》，北京：中華書局，2008年7月，頁620，註3。
〔註7〕裘錫圭：《是「恒先」，還是「極先」？》，「中國簡帛學國際論壇2007」研討會論文，臺灣大學2007年11月。

的今本在後。但從楚簡本來看，孔穎達所見本顯然是脫一「黃」字，其出於今本不容置疑。楚簡本言「黃帝、顓頊、堯、舜之道」，從發問的是「武王」來看，有將「文、武」接「黃帝、顓頊、堯、舜」之緒的跡象，今本則只稱「黃帝、顓頊」而不稱「堯、舜」，道統觀念似乎沒有楚簡本強。但有無道統觀念並非判斷早晚的依據。相反，抄書往往簡省。因此，楚簡本較今本早的可能更大。

劉洪濤對於此句開頭有「黃」字、「昔」字或「昔黃帝」等不同，而加以分析，他認為當以簡本為是，而且本問句的重點是在「今」而非「昔」，故出現「昔」字是「黃」字之訛，「昔黃帝」是訛上加訛。

王應麟曰：《學記》注『黃帝』上有『昔』字。《正義》曰：『《大戴禮》惟云「帝顓頊之道」，無「黃」字，或鄭見古本不與今同。或後人足「黃」字。』「戴震曰：「『昔帝顓頊之道存乎』，案『昔』各本作『黃』，鄭注《學記》云『昔黃帝、顓頊之道』，《疏》云：『今檢《大戴禮》惟云「帝顓頊之道」，無「黃」字。』」孔廣森曰：「宋本脫『昔』字，從《學記》注引此文增。按《正義》唐本有『昔』字無『黃』字。」王樹柟曰：「『昔黃帝、顓頊之道存乎』，王應麟本無『昔』字，盧本同。戴、汪校本無『黃』字，蓋從孔《疏》所據本也。」按簡本有「黃」字而無「昔」字，可證作「黃帝、顓頊」者是。黃帝、顓頊雖是古昔人物，但本句是問他們的道現在存否，重點在今不在昔也，不當有「昔」字。各本「昔」當為「黃」字之訛，作「昔黃帝」者是既訛之後又誤增，當以王應麟、盧辯本為是。

**秋貞案：**

楚簡本多了「堯舜」二帝，廖名春認為這是楚簡本比今本早的可能證據。筆者認為只有依此「堯舜」二字要判別孰先孰後確實不易，只能說提供一種可能性，楚簡本是否早於其他三種版本？應該要有更多的證據。筆者針對此問題於後比較說明。

對於楚簡的「黃帝、顓頊、堯、舜之道在乎？」問句開頭的不同，筆者綜合以上說法可將此句開頭分為四種：

（1）「昔黃帝……」：如鄭玄注中「昔黃帝、顓頊之道存乎？」，孔廣森《大戴禮記補注》、王樹柟《校正大戴禮記補注》也認為如此。

（2）「帝……」：如孔穎達疏中「帝、顓頊之道存乎意？亦忽不可得見
　　與？」

（3）「昔帝……」：如戴震「昔帝顓頊之道存乎？」，而汪中《大戴禮記正
　　誤》上與戴震同。

（4）「黃帝……」：如簡本「黃帝、顓頊、堯、舜之道在乎？」，而王應麟
　　的〈踐阼篇集解〉中「黃帝、顓頊之道存乎？」也是如此。

　　這些開頭其實都大同小異，廖名春認為鄭注本和孔疏本所見只是差一個
「黃」字，但實際都是出於今本，此說可從，但是過於簡略，筆者以下補充。

　　宋代王應麟在《踐阼篇集解》中說到鄭玄《學記》上注「黃帝」上有「昔」
字，[註8] 但王應麟在文本上並沒有加上「昔」，而直接以「黃帝……開頭」。
繼而到清代孔廣森在《大戴禮記補注》中說到宋本脫漏了「昔」字，而且唐本
有「昔」字，沒「黃」字，所以他覺得「昔」字應是本來就有的，於是他據鄭
玄的《禮記‧學記》篇補上「昔」字，就成了「昔黃帝……」的版本了 [註9]。
戴震根據御製題武英殿聚珍版《大戴禮記》中是「昔帝……」開頭，所以又變
成有這種版本。[註10] 而汪中也根據戴震所考的版本，支持這種說法。[註11]
之後王樹枏《校正孔氏大戴禮記補注》中，認為宋代王應麟不加「昔」字，戴
震和汪中也沒有「黃」字，所以他就根據唐孔穎達所見的版本，把「昔」、「黃」
兩字去掉，而成了和孔穎達一樣的版本了。[註12]

　　筆者認為從宋代到清代的註解中都有一個共同的盲點：鄭玄的「昔黃
帝……」的「昔」字應是表示「從前……」之意，不是他在引文，他真正的引
文本來就從「黃帝……」，孔穎達在《正義》曰：「『武王踐阼』以下皆《大戴

---

〔註8〕王應麟的〈踐阼篇集解〉：《學記》注「黃帝」上有「昔」字。《正義》曰：「《大戴
　　　禮》惟云『帝顓頊之道』，無『黃』字，或鄭見古本不與今同。或後人足『黃』字。」

〔註9〕孔廣森《大戴禮記補注》卷六：「宋本脫『昔』字，從《學記》注引此文增。按《正
　　　義》唐本有『昔』字無『黃』字。

〔註10〕汪喜孫案：「昔」，盧刻作「黃」，戴校聚珍本作「昔」，可參御製題武英殿聚珍版《大
　　　戴禮記》卷六。見方向東：《大戴禮記匯校集解》上冊，第620頁。

〔註11〕汪中《大戴禮記正誤》：喜孫案：「昔」，盧刻作「黃」，戴校聚珍本作「昔」，云：
　　　各本作「黃」，鄭注〈學記〉曰：「昔黃帝、顓頊之道」，疏云：「今檢《大戴禮》
　　　惟云『帝顓頊之道』，無『黃』字，或鄭見古本不同。或後人足『黃』字耳。孔
　　　（孔廣森《大戴禮記補注》）本作：「昔黃帝、顓頊之道」據鄭注也。先君據疏校與
　　　戴同。

〔註12〕王樹枏《校正孔氏大戴禮記補注》卷六：「王應麟本無『昔』字，盧本同。戴、汪
　　　校本無『黃』字，蓋從孔《疏》所據本也。」

禮》〈武王踐阼〉篇也。云：『黃帝顓頊之道存乎意亦忽不可得而見與』者，武王言『黃帝顓頊之道』……」，可見孔穎達是知道鄭玄所引的文句，不過他當時手邊的版本是「帝……」，和鄭玄所引的《大戴禮記》版本不同，所以認為鄭玄所見的本子和他所見不同，或可能是後人加上「黃」字。〔註13〕

以目前筆者所能看到的資料推測：導致後人的誤解是從宋代的王應麟開始的，他在注解上說到鄭玄「《學記》注『黃帝』上有『昔』字」，雖然王應麟自己並沒有加上「昔」字，但後來清代的學者就在「昔」、「黃」二字上有自己不同的看法，造成很多舛誤。如清代孔廣森在《大戴禮記補注》中說到宋本脫漏了「昔」字，所以加上。如此一來就是誤解鄭玄之意，也沒搞懂王應麟的意思。

當然「昔」、「黃」二字很相似，所以也有可能在流傳的版本把「黃」刻成「昔」，以致對後來的版本影響甚廣甚遠，更使後代學者在這裡有那麼多不同的看法。又孔穎達所見的版本無「昔」亦無「黃」字，只從「帝顓頊之道……」開始，如果以簡本為最早版本來看，這恐是後人傳抄時，漏抄了「黃」字，而以為「帝」即是「黃帝」之意。是故劉洪濤的推論：「黃帝、顓頊雖是古昔人物，但本句是問他們的道現在存否，重點在今不在昔也，不當有『昔』字。各本『昔』當為『黃』字之訛，作『昔黃帝』者是既訛之後又誤增，當以王應麟、盧辯本為是。」劉說也提供了一種可能的解釋，基本上可從。

## ▲討論3

熊立章認為：光看今本，會以為在黃帝、顓頊時期沒有專史資料可以考證，所以以丹書考先王之道。如今，有〈武王踐阼〉的簡本出現，讓我們知道，即使堯、舜時期，也可以丹書語諺來考先王之道。

> 另戰國本開頭記武王發問曰：「不知黃帝、顓頊、堯、舜之道在乎？」比傳世本多堯、舜二帝。傳世本容易讓人產生的聯想是黃帝、顓頊時期非如堯、舜之下可籍《尚書》等專史所掌之文本以考其道。只有通過丹書所載部分口耳相傳之語諺方可得聞。今見文獻價值更高的戰國本，始知武王以丹書語諺考先王之道，並非限于詩書所缺

---

〔註13〕正義曰：武王踐阼以下皆《大戴禮》〈武王踐阼〉篇也。云黃帝、顓頊之道存乎，意亦乎不可得見與者。武王言黃帝、顓頊之道恒在於意，言意恒念之，但其道超乎已遠，亦恍惚不可得見與？與，語辭。今檢《大戴禮》唯云：帝、顓頊之道，無「黃」字或鄭見古本不與今同，或後人足「黃」字耳。

之世。考先秦文獻中語諺之用例，亦非不登大雅之堂。〔註14〕

**秋貞案：**

熊立章認為楚簡本多「堯舜」二帝，可以說明「丹書語諺考先王之道」的可能，也提供給我們很好的參考訊息。

**▲討論 4**

廖名春認為楚簡 1 的文句可以推論「意」字屬下讀，盧辯和孔廣森的斷句是正確的。

> 從楚簡「不知黃帝、顓頊、堯、舜之道在乎？意幾喪，不可得而觀乎」句來看，人們對今本「黃帝顓頊之道存乎意亦忽不可得見與」斷句的歧義可以得到解決。唐人孔穎達、明人程榮（見《漢魏叢書》頁84，吉林大學出版社，1992）、清人王聘珍皆以「意」字歸上讀，王氏《解詁》稱：

> 孔氏《學記》疏云：「武王言黃帝、顓頊之道，恒在於意，言意恒念之，但其道超忽已遠，亦恍惚不可得見與。（王聘珍《大戴禮記解詁》頁 103）

> 而北周人盧辯《注》和清人孔廣森《補注》則以「意」字歸下讀。（見《清經解》第 4 冊頁 800）孔廣森說：

> 意，古通以為抑字。熹平石經《論語》曰：「意與之與」。（見《清經解》第 4 冊頁 800。案「意與之與」今本《論語‧學而》篇作「抑與之與」）

> 從楚簡來看，盧辯和孔廣森的斷句是正確的。

**秋貞案：**

這一部分筆者也在第二章第一節「武王問道」章中有所說明，在此不再贅述。

**（二）**

| 東漢鄭注版本 | 唐代孔疏版本 | 楚簡本 | 今本（文淵閣） |
|---|---|---|---|
| 王齊三日，端冕，師尚父亦端冕，奉書而入，負屏而立，王下堂，南面而立。 | 王齊三日，端冕，奉書而入，負屏而立，王下堂，南面而立。 | 【2】「在丹書。王如欲觀之，盍祈乎？將以書見。」武王祈三日，端服冕，踰堂階， | 「在丹書，王欲聞之，則齊矣。」王齊三日，端冕，奉書而入，負屏而立。王下 |

---

〔註14〕熊立章：《上博七‧武王踐阼》引諺入銘與《烝民》引言入詩合論，http://www.bszvm.org.cn/show_article.php?id=984，2009.01.29。

| | | 南面而立。<br>【12～13】太公答曰：「身則君之臣，道則聖人之道。君齋將道之，君不祈，則弗道。武王齋七日，大公望奉丹書以朝＝，太公南面，武王北面而復問。 | 堂，南面而立。師尚父曰： |
|---|---|---|---|

## ▲討論

廖名春在〈楚簡《武王踐阼》篇管窺〉中認為鄭玄《禮記‧學記》注較近於楚簡本，孔廣森《補注》從《學記》注改，而王聘珍《解詁》從宋本而不顧鄭玄《禮記‧學記》注，相較之下孔廣森之說較佳。

　　楚簡「武王齋三日，端服帽，逾堂階，南面而立」一段與今本互有詳略。「武王齋」3字今本無，表面上無所非議，實質有文章。孔廣森《補注》云：

　　宋本脫「齋」字而「王」字倒在「三日」之下，從《學記》注改。」（見《清經解》第4冊頁800）

　　案：孔說是。鄭玄《禮記‧學記》注引正作「王齋三日」，（見《十三經注疏》頁1524）與楚簡近同，只省略一「武」字。由此可見，南宋人韓元吉所據之本（後收入《二十二子》）有誤（見《漢魏叢書》頁84），王聘珍《解詁》從宋本而不顧鄭玄《禮記‧學記》注所引之古本，其見識遠在孔廣森《補注》之下。

廖名春認為在這一段落的出入頗大，其一是鄭玄注有「師尚父亦端冕」一句，而簡本無。另一是，「奉書而入，負屏而立」一句，獨不見於楚簡本。

　　楚簡「端服帽」3字今本作「王端冕，師尚父亦端冕，奉書而入，負屏而立」，出入頗大。「端服帽」，即「端服冕」，指穿上禮服禮帽。今本的「端冕」，「端」是名詞作動詞，因而有簡省。今本的「師尚父亦端冕」一句，楚簡無，而孔穎達《禮記‧學記》疏說：「案《大戴禮》無此文，鄭所加也。」孔氏指「師尚父亦端冕」一句為鄭玄竄加，雖然有過於主觀之嫌，但也說明唐代流行本此處已同於楚簡是有意思的。於今本的「奉書而入，負屏而立」，就完全出於楚簡

之外了。

廖名春當時只見楚簡〈武王踐阼〉前兩支簡，故在沒有看到剩餘竹簡的情形下推論篇首當有「武王踐阼」一說，才有「越過堂階」的動作。而且認為簡本和今本的差異不大。

> 楚簡「逾堂階」今本作「王下堂」，文異而意同。越過堂階，也就是「下堂」。由「逾堂階」看，楚簡篇首當有「武王踐阼」說。「阼」即「階」。孔穎達《禮記‧曲禮下》疏云：「阼，主人階也。」有「踐阼」方有「逾堂階」和「下堂」說。「師尚父」以下楚簡內容雖暫時還沒披露，但從上文推論，與今本當不會有太大的差別。

劉洪濤在〈用簡本校讀傳本《武王踐阼》〉文中列出清代考據成果，戴震在「三日」前加上「王齊」二字是正確的；于鬯則認為『矣』字當作『齊』字，於義甚析。

> 戴震曰：「『王齊三日』，案各本脫『王齊』二字。《學記》注引此文作『王齊三日』，《疏》不言有異同，則唐時本亦未脫也。『端冕奉書而入』，案各本作『王端冕，師尚父亦端冕』。」

> 于鬯曰：「『王欲聞之則齊矣』，『矣』字當作『齊』字，『王欲聞之則齊』句。『齊三日，王端冕』，是王齊三日而端冕以見師尚父也。其義甚析。此後人因《小戴‧學記》鄭注改『齊』為『矣』。彼文云『王欲聞之則齊矣，王齊三日端冕』，是有『王齊』二字而無『三日』下『王』字……後人乃據彼『矣』字改此『齊』字，『王齊』二字又不補，亦不刪『三日』下『王』字，則於義實遜矣。近人又據鄭注文以全改此，要亦不必。但識此『矣』字為『齊』字之誤，即於文大通。」

劉洪濤則認為戴震所校可從，但于鬯則未必。他認為簡本從「武王齊三日，端服冕」至「東面而立」都是描寫武王的動作，作用在突顯武王對先王之道的敬重，這樣的寫法比今本的鋪陳合理。他還認為「奉書而入」句應放在下文「師尚父」與「西面」之間，因為這是描寫師尚父的動作。在今本中此句放在「負屏而立」一句之前，「負屏而立」是描寫武王的動作的，故會使人誤以為「負屏而立」是描寫師尚父的動作。

　　按簡本「武王齊三日，端服冕」與「三日，王端冕」相對，可證戴震等將後者校正為「王齊三日，端冕」是正確的。簡本「盍齊乎」與「則齊矣」相對，「乎」、「矣」都是語氣詞，則于鬯謂「矣」為「齊」字之誤，似未必是。簡本「武王齊三日，端服冕」至「東面而立」都是描寫武王，描寫師尚父的文字很簡略，這是為突出武王對先王之道的敬重。師尚父只是個陪襯人物，描寫簡略理所應當。傳本穿插描寫武王與師尚父的行為，關於二人的描寫都很詳細，不如簡本合理。傳本描寫師尚父的文字為「師尚父亦端冕，奉書而入，負屏而立」，只有「奉書而入」一句見於簡本。如果承認簡本順序和詳略都合理的話，則「奉書而入」句應放在下文「師尚父」與「西面」之間，「師尚父亦端冕」句當刪去。傳本此段文字大概是要把簡本簡2～3的前後敘述方式改為簡12～13的穿插敘述方式，才把「師尚父奉書而入」移至「王齊三日，端冕」句後，又根據武王端冕推想師尚父也應端冕，因在「師尚父」後加「亦端冕」三字。把「師尚父亦端冕」句刪去、「奉書而入」移後之後，就只剩「負屏而立」一句。簡本雖無此句，但卻有「當楣而立」句，描寫的是武王。疑此句也是描寫武王，因描寫師尚父的文字移至其前，才被誤認為是描寫師尚父行為的。

**秋貞案：**

　　孔疏云：「『端冕』者，謂『袞冕也，其衣正幅與玄端同，故云端冕』故皇氏云：『武王端冕，謂袞冕也』〈樂記〉魏文侯：『端冕，謂玄冕也』。云『師尚父亦端冕』者，案：《大戴禮》無此文，鄭所加也。」在唐代的版本中沒「師尚父亦端冕」這一句，所以唐代的版本和今本同。今本的「王齊三日，端冕」也和鄭注及孔疏本同，至於清儒之前所見的本子，可能差距較大，所以才會有一段迂迴曲折的考證過程。如今以出土的楚簡本看，可見清儒的考證功力，在未見這些出土文獻前也作了相當大的努力。

　　至於簡本「踰堂敳（階）」一句和今本出入較大，筆者在第二章中已經對這支簡的「敳」字作過考釋，在此不再贅述。筆者認為劉先生在後半「當楣而立」一句，因為將「敳」字釋為「楣」，故才會有以上的推論。我們也可見在簡上未見「負屏而立」一句，可能是後人所加或是因為所見是不同流傳的版

本也未可知。

## （三）

| 東漢鄭注版本 | 唐代孔疏版本 | 楚簡本 | 今本（文淵閣） |
|---|---|---|---|
| 王行西折而南，東面而立。 | 王行折而東面。 | 【3】曰：「先王之書不與北面。」武王西面而行，曲折而南，東面而立。師尚父奉書，道書之言，曰： | 「先王之道，不北面。」王行折而東面。師尚父西面道書之言，曰： |

▲討論

劉洪濤在〈用簡本校讀傳本《武王踐阼》〉文中說到以出土的楚簡可見清儒校勘的限制，至今有出土簡本，故可知「西」、「南」、「而立」不能刪。

孔穎達《學記》《正義》曰：「《大戴禮》惟云『折而東面』。」戴震、汪照、汪中等據刪「西」、「南」、「而立」四字。王樹楠刪「南」字。黃懷信曰：「此句文無誤，孔穎達所見本誤也。王下堂南面而立，本在堂中，欲東面，必先西行，再折而南行，至與師尚父所立平行，方能折而東面與師尚父對矣。戴校非。」按：簡本有「西」、「南」、「而立」四字，可證並非衍文，不當刪。

**秋貞案：**

孔疏云：「『西折而南，東面』者，案：《大戴禮》唯云『折而東面』，此『西折而南』，『南』字亦鄭所加。云『師尚父西面道書之言』者，皇氏云『王在賓位，師尚父主位，故西面王庭之位，若尋常師徒之教，則師東面，弟子西面，與此異也』」由出土簡本，可見鄭玄並無妄加「南」字，孔疏時所見的版本和今本同，但和鄭注時不同，而鄭注的版本在此句比較接近簡本。

## （四）

| 東漢鄭注版本 | 唐代孔疏版本 | 楚簡本 | 今本（文淵閣） |
|---|---|---|---|
| （無） | 敬勝怠者強，怠勝敬者亡。 | 【3～4】「怠勝義則喪，義勝怠則長。義勝欲則從，欲勝義則兇。【13～14】志勝欲則昌，欲勝志則喪，志勝欲則從，欲勝志則兇，敬勝怠者吉，怠勝敬者滅。 | 敬勝怠者強，怠勝敬者亡，義勝欲者從，欲勝義者凶。 |

## ▲討論

劉洪濤在〈用簡本校讀傳本《武王踐阼》〉文中舉戴震、汪中、王樹枏在此句的考證結果。

戴禮曰：「『敬勝怠者強，怠勝敬者亡』，案各本『強』作『吉』、『亡』作『滅』。《學記》《疏》云『《大戴禮》「敬勝怠者強，怠勝敬者亡」，《瑞書》云「敬勝怠者吉，怠勝敬者滅」。』然則各本乃改同《瑞書》，非也。」

汪中曰：「《荀子‧議兵》篇云：『敬勝怠則吉，怠勝敬則滅；計勝欲則從，欲勝計則凶。』此必沿《荀子》文而誤耳。《荀子》不言引古也。案下以『強』、『枉』，『敬』、『正』，『廢』、『世』，『行』、『常』為韻，『吉』、『滅』古不韻也。此校改至確。」

王樹枏曰：「今案《太公金匱》云：『義勝欲則昌，敬勝怠則吉。』《六韜‧明傳》篇云：『義勝欲則昌，欲勝義則亡；敬勝怠則吉，怠勝敬則滅。』後人蓋據彼文妄增者。『強』、『亡』，『從』、『凶』，『強』、『枉』，『敬』、『正』，『滅』、『世』皆韻，『吉』、『滅』古不韻也。汪本刪下二句則無所據。」

按：簡本有「敬勝怠則吉，怠勝敬則滅」句，則傳本此句不當改。傳本「義勝欲者從，欲勝義者凶」，簡本簡4作「義勝欲則從，欲勝義則凶」，與之相合。簡13～14作「志勝欲則從，欲勝志則凶」，《荀子‧議兵》作「計勝欲則從，欲勝計則凶」，蓋傳聞不同。

## 秋貞案：

孔疏云：「《大戴禮》云：『其書之言曰「敬勝怠者強，怠勝敬者亡」』《瑞書》云：『敬勝怠者吉，怠勝敬者滅；義勝欲者從，欲勝義者凶』與《瑞書》同矣。」孔穎達認為他所見的《大戴禮》此句和《瑞書》相同。這一句也和今本同。我們從楚簡甲乙本上可見到很多組類似的句子，意義相近，但不重複。我們也從《瑞書》、《荀子‧議兵》、《太公金匱》、《六韜‧明傳》這些典籍中都可看到類似的句子，可見此句流傳之廣，應用之甚。

這裡戴震本認為「敬勝怠者吉，怠勝敬者滅」非也，汪中和王樹枏都認為「吉」、「滅」古不韻的問題，而有所爭議。如今從楚簡13～14「敬勝怠者吉，怠勝敬者滅」一句可知實有所據。陳志向在〈《上博（七）‧武王踐阼》韻讀〉

文中舉例說明古書有質、月二部相押之例。

> 今由竹書所見，可知「敬勝怠者吉，怠勝敬者滅」二句實有所
> 據。「吉」「滅」舊或以為不韻，然古書有質、月二部相押之例，此
> 處應當有韻。如《詩‧小雅‧正月》「心之憂矣，如或結之。今茲
> 之正，胡然厲矣？燎之方揚，寧或滅之。赫赫宗周，褒姒烕之」，
> 即以從「吉」聲之「結」與月部「滅」等字相押；蔡偉老師指出《呂
> 氏春秋‧慎勢》「故以大畜小吉，以小畜大滅，以重使輕從，以輕
> 使重凶」、馬王堆帛書《經法‧名理》「以剛為柔者栝（活），以柔
> 為剛者伐。重柔者吉，重剛者滅」，亦並當以「吉」「滅」為韻。如
> 是，卣（牖）銘的「迷（失）」與「肇（外）」可能也是質部字與月
> 部字押韻。〔註15〕

雖之前可在《瑞書》、《荀子‧議兵》、《六韜‧明傳》上看到「吉」、「滅」對
舉的例子，但是待楚簡一出，才將此句定案，解除清儒考據上的疑惑。

另外，簡本此句為「怠勝義則喪，義勝怠則長」，和今本不同。今本此處
為「敬勝怠者強，怠勝敬者亡」，復旦讀書會認為「敬」和「怠」的意義相對，
在簡本的乙本簡 14 也是「敬」和「怠」對舉，《六韜》上也有段類似文句，也
是「敬」和「怠」對舉的，所以復旦讀書會認為應該以「敬」和「怠」對舉為
長。

> 簡文此句「怠勝義則喪，義勝怠則長」，《大戴禮記》作「敬勝
> 怠者吉，怠勝敬者滅」，乙本簡 14 作「敬勝怠則吉，怠勝敬則烕
> （滅）」。「怠」是怠慢不敬，正與「敬」意思相反，將「怠」與「敬」
> 對舉於義為長，……與這段類似的文字還見於《六韜》：「故義勝欲
> 則昌，欲勝義則亡；敬勝怠則吉，怠勝敬則滅。」是太公回答文王
> 的話。〔註16〕

> 簡文此處將「怠」與「義」對舉，則恐係因下文「義勝欲」、
> 「欲勝義」之「義」而將「敬」誤抄為「義」。

〔註15〕陳志向：〈《上博（七）‧武王踐阼》韻讀〉，http://www.gwz.fudan.edu.cn/SrcShow.asp?
　　　Src_ID=638，2009.01.08。

〔註16〕劉嬌執筆〈《上博七‧武王踐阼》校讀〉，復旦大學出土文獻與古文字研究中心研究
　　　生讀書會，復旦首發 http://www.gwz.fudan.edu.cn/SrcShow.asp?Src_ID=576，2008.
　　　12.30。

　　復旦讀書會進一步推測簡本寫成「義」和「忢」對舉的可能原因，應該是受下面一句「義勝欲則從，欲勝義則兇」的影響，所以在此把「敬」字誤抄為「義」了，這樣的推測也不無可能。另外，草野友子認為簡本書手有將「敬」字訛寫作「義」的可能。（筆者在第二章第二節考釋「義」字已作說明）

## （五）

| 東漢鄭注版本 | 唐代孔疏版本 | 楚簡本 | 今本（文淵閣） |
|---|---|---|---|
| （無） | 以仁得之，以仁守之，其量百世。以仁得之，以不仁守之，其量十世。以不仁得之，以不仁守之，<u>必傾其世</u>。 | 【4～5】仁以得之，仁以守之，其運百世；不仁以得之，仁以守之，其運十殜世；不仁以得之，不仁以守之，<u>及於身</u>。 | 以仁得之，以仁守之，其量百世。以仁得之，以不仁守之，其量十世。以不仁得之，以不仁守之，<u>必及其世</u>。 |

### ▲討論

　　劉洪濤在〈用簡本校讀傳本《武王踐阼》〉文中比較簡本和今本不同的地方在句末的「身」和「世」字，及今本「其量百世」的「量」為誤字，應以簡本的「運」字為是。

　　　「以不仁得之，以仁守之」、「必及其世」，《學記》《正義》作「以仁得之，以不仁守之」、「必傾其世」。戴震、汪中等據校改本文。以簡本觀之，前句不誤，後句的「世」當作「身」。

　　　黃懷信注：「量，數也，謂子孫有國之代數。」簡本跟「量」對應的字作「𝌀」，讀為「運」，指運數。學者已指出傳本「量」為誤字，「量」應該是「軍」或「暈」的誤字。

### 秋貞案：

　　有關簡本的「運」字和今本的「量」字，筆者於第二章第二節考釋「𝌀」字時已有說明，在此不再贅述。

　　這裡要討論一點不同的是：簡本的「仁」和「不仁」均在句首，「以」字可當「而」字，作「連接詞」用。「仁而得之，仁而守之，……」，此「而」字可以連接「仁」和「得」，例如：《荀子·解蔽》「其為人也，善射以好思」。——他這個人，很會猜謎又會思考。《論語·為政》「使民敬，忠以勸，如之何？」——使老百姓工作認真，對君王忠實又積極努力，作麼樣呢？《禮記·樂記》「治世之音安以樂；亂世之音怨以怒；亡國之音哀以思。」——太平時

代的音樂舒緩又快樂；混亂時代的音樂怨恨又憤怒；國家滅亡的音樂哀痛又憂愁。以上的「以」字都可以當「而」字解。〔註17〕

今本的「以」字作「用……」解，當「介詞」用。「用」「仁」與「不仁」的精神、方法、態度得到百姓或治理國家之意。例如：《論語‧為政》子曰：「為政以德，譬如北辰，居其所而眾星拱之。」──孔子說：「用道德來治理政事，這樣的人像北斗一樣，站在他的位置，群星都會環繞著他。」《韓非子‧難勢》「以子之矛，攻子之盾，何如？」──「用你的矛，刺你的盾，怎麼樣？」以上的「以」都可作「用」解。〔註18〕

筆者認為兩者句法雖然不同，但不影響整體文意。如簡本的「運」字和今本的「量」字都是反應不同版本的寫法而已。

## （六）

| 東漢鄭注版本 | 唐代孔疏版本 | 楚簡本 | 今本（文淵閣） |
|---|---|---|---|
| （無） | 凡事不強則枉，不敬則不正，枉者滅廢，敬者萬世。 | 【14～15】不敬則不定，弗強則枉，枉者敗，而敬者萬世。使民不逆而順成，百姓之為緒。丹書之言有之。 | 凡事不強則枉，不敬則不正，枉者滅廢，敬者萬世。藏之約，行之行，可以為子孫恆者，此言之謂也。 |

秋貞案：

孔疏本和今本同。楚簡甲本無此段，但在乙本中有一段和今本類似。筆者認為兩者只是語序不同而已，無分軒輊，但有個很有意思的地方，如楚簡乙本的前一句是「敬勝怠者吉，怠勝敬者滅」，故此句則接上「枉者敗」。而孔疏本和今本都沒有「敬勝怠者吉，怠勝敬者滅」一句，所以後面接上「枉者滅廢」一句，如此一來，「滅」和「敗」意近而不重複，似乎避開重複出現「滅」字的情形，值得一提。

簡本的「定」和今本的「正」意同。（見第二章第五節「不敬則不定」的考釋。）

楚簡甲本的「丹書之言」無此段。但今本在此段後接「藏之約，行之行，可以為子孫恆者，此言之謂也。」，重複開頭的一段，以致讓後人覺得「丹書之

〔註17〕陳霞村編、左秀靈校《古代漢語虛詞類解》（台北：建宏出版社，1995），頁586～587。

〔註18〕陳霞村編、左秀靈校《古代漢語虛詞類解》（台北：建宏出版社，1995），頁507。

言」似乎應到「敬者萬世」為止，其實不然。（參見第二章第五節，筆者對於「丹書之言」的界定。）

## （七）

| 東漢鄭注版本 | 唐代孔疏版本 | 楚簡本 | 今本（文淵閣） |
|---|---|---|---|
| （無） | 席之四端為銘，及几、鑑、盂、盤、楹、杖、帶、履、劍、矛為銘，銘皆各有語在《大戴禮》也。 | 【6～10】於席之四端、樞機、鑑、盥盤、桯、枳、卣為銘。 | 于席之四端為銘焉，于机為銘焉，于鑑為銘焉，于盥盤為銘焉，于楹為銘焉，于杖為銘焉，于帶為銘焉，于履屨為銘焉，于觴豆為銘焉，于牖為銘焉，于劍為銘焉，于弓為銘焉，于矛為銘焉。〔註19〕 |

秋貞案：

在很多古代的文獻上，我們也可見周武王作銘的記載。以宋代王應麟《踐阼篇集解》中所提到為線索，表列如下：〔註20〕

| 文 獻 | 內 容 |
|---|---|
| 朱氏曰 | 武王踐阼之初，受師尚父丹書之戒，退而於其几、席、觴、豆、刀、劍、戶、牖莫不銘焉。 |
| 蔡邕〈銘論〉曰 | 武王踐阼咨於太師而作席、几、楹、杖器械之銘十有八章。 |
| 鄧析子曰 | 武有戒慎之銘。 |
| 《太公金匱》〔註21〕 | 武王曰：『吾欲造起居之誡，隨之以身。』<br>1. 几之書曰：『安無忘危，存無忘亡，孰惟二者，必後無凶。』<br>2. 杖之書曰：『輔人無苟，扶人無咎』」<br>3. 書履曰：「行必慮正，無懷僥倖。」<br>4. 門之書曰：「敬遇賓客，貴賤無二。」<br>5. 戶之書曰：「出畏之，入懼之。」<br>6. 鑰之書曰：「昏謹守，深察訛。」<br>7. 牖之書曰：「闚望審，且念所得，可思所忘。」<br>8. 書劍曰：「常以服兵而行道，德行則福，廢則覆。」<br>9. 書鋒曰：「忍之須臾，乃全汝軀。」<br>10. 書刀曰：「刀利皚皚，無為汝開。」 |

〔註19〕在此文淵閣版為十六銘。在黃懷信著《大戴禮記彙校集注》和方向東著《大戴禮記彙校集解》中之〈武王踐阼〉篇所列以王聘珍著《大戴禮記解詁》為底本，其中均多一「於戶為銘焉」，共十七銘。

〔註20〕宋王應麟《踐阼篇集解》，元至元三年慶元路儒學刊玉海附刊本。

〔註21〕《太公金匱》相傳為姜尚著。《隋書·經籍志》子部兵家類著錄：「《太公金匱》二卷。」《漢書·藝文志》道家類著錄《太公》一書中的子目《言》71篇。清餘嘉錫對《四庫全書·六韜》的辨證，即《太公金匱》不是太公親筆，但同樣保存了太公的思想，不是偽書。《金匱》原書早已散佚，今存《太公金匱》是清人洪頤煊輯本。

| | |
|---|---|
| | 11. 冠銘曰：「寵以著首，將身不正，遺為德咎。」 |
| | 12. 書車曰：「自致者急，載人者緩，取欲無度，自致而反。」 |
| | 13. 硯之書曰：「石墨相著而黑，邪心讒言，無得汙白。」 |
| | 14. 書井曰：「原泉滑滑，連旱則絕，取事有常，賦斂有節。」 |
| 《太公陰謀》〔註22〕 | 1. 武王鏡銘曰：「以鏡自照者見形容，以人自照者見吉凶。」 |
| | 2. 武王衣之銘曰：「桑蠶苦，女工難，得新捐故後必寒。」 |
| | 3. 觴銘曰：「樂極則悲，沈湎致非，社稷為危。」 |
| | 4. 筆之書曰：「毫毛茂茂，陷水可脫，陷文不活。」 |
| | 5. 筮之書曰：「馬不可極，民不可劇，馬極則躓，民劇則敗。」 |

上表列之武王於不同的器物上作銘的記載，從銘文的數量不同來看：據文獻記載以蔡邕的〈銘論〉認為有十八個銘文為最多。筆者試圖計算何以為十八個呢？楚簡本上只有十個銘文，在《太公金匱》據計有十四個，〔註23〕《太公陰謀》有五個，鄭注本沒提到，孔疏本有十四個，王應麟《踐阼篇集解》中有十七個銘文，今本（文淵閣）共有十六個銘文，王聘珍著《大戴禮記解詁》有十七個。這些都不見蔡邕所見的十八個銘文的版本，是故我們期待有更多相關的出土的材料的考證。

有關武王作器銘的部分，只有楚簡甲本有而乙本無。以下筆者對此列出楚簡和今本的比較。

（八）

| 楚簡本 | 今本（文淵閣） |
|---|---|
| 【6】銘於席之四端，曰：「<u>安樂必戒</u>。」右端曰：「<u>毋行可悔</u>。」席後左端曰：「<u>民之反側，亦不可志</u>。」 | 席前左端之銘曰：「<u>安樂必敬</u>。」前右端之銘曰：「<u>無行可悔</u>。」後左端之銘曰：「<u>一反一側，亦不可以忘</u>。」 |

▲討論

劉洪濤對「安樂必敬」一句，引清代學者的考釋，並對照簡本，可確認校孫詒讓、戴禮校正為是，俞樾校為非。

俞樾曰：「此與下文前右端之銘『無行可悔』、後左端之銘『一

〔註22〕《太公陰謀》出於《漢書‧藝文志》著錄的《太公》237篇中。《史記‧留侯世家》載張良得之于黃石公的《太公兵法》，經張良次序而再傳，經劉歆收錄入《七略‧兵書略》，又經班固收錄入《漢志》，是《太公陰謀》在秦漢時期的傳承過程。《戰國策‧秦策》記載蘇秦發舊書而從中幸得，即見《太公陰謀》。

〔註23〕何有祖先生在〈上博簡《武王踐阼》初讀〉一文中認為從銘文的用詞淺顯來看《太公金匱》的成書年代應晚於〈武王踐阼〉，http://www.bsm.org.cn/show_article.php?id=756，2007.12.04。

反一側，尒不可以不志」、後右端之銘『所監不遠，視爾所代』通為一韻，『敬』字乃『苟』字之誤。《說文》苟部：『自急敕也。』『安樂必苟』，言雖處安樂而必自急敕也。」孫詒讓曰：「丁校云：敬，當作戒。」戴禮云：「嵇康《幽憤詩》引此『敬』作『戒』。」簡本作「戒」，孫、戴等校是，俞校非。

劉洪濤對「民之反側，亦不可志」一句，引清代學者的考釋，並對照簡本，認為此句應為「民之反側，亦不可不志。」復旦讀書會也認為女如是。今本是「亦不可以志」。

秋貞案：

簡本在「四端」的後面漏掉「左端」兩字。而且以「戒」字作「防患」之意比「敬」字好。「民之反側」比「一反一側」的意義為佳；至於「亦不可志」應為問句的形式。（可見第二章第三節「亦不可志」的考釋）

### （九）

| 楚簡本 | 今本（文淵閣） |
|---|---|
| 【5～7】後右端曰：「殷諫不遠，視爾所代。」所機曰：「皇=惟謹，=口生敬，口生詬，慎之口=。」鑑銘曰：「見其前，必慮其後。」 | 後右端之銘曰：「所監不遠，視邇所代。」机之銘曰：「皇皇惟敬，口生㖃，口戕口。」鑑之銘曰：「見爾前，慮爾後。」 |

秋貞案：

楚簡本席後右端銘，據考釋結果為「殷諫不遠，視爾所代。」今本為「所監不遠，視邇所代。」，「邇」為「近」意，不作代詞用，今本有誤，而且楚簡本的「殷」字義勝於「所」。

楚簡本「所機」為「樞機」，後人註解有誤，釋為「几案」之机。其後的銘文，簡本語義明確合理，今本「口生詬，口戕口」後人爭議多。以簡本的文句含義較今本為勝。（見第二章第三節「武王鑄銘器以自戒」的考釋）

### （十）

| 楚簡本 | 今本（文淵閣） |
|---|---|
| 【8～9】盥盤銘曰：「與其溺於人，寧溺=於=淵=，猶可游，溺於人不可救。」桯銘諺：「毋曰何傷，其禍將長；毋曰胡害，其禍將大；毋曰何殘，其禍將延。」 | 盥盤之銘曰：「與其溺於人也，寧溺於淵。溺於淵猶可游也，溺於人不可救也。」楹之銘曰：「毋曰胡殘，其禍將然，毋曰胡害，其禍將大，毋曰胡傷，其禍將長。」 |

| | |
|---|---|
| 枳銘諺曰：「惡危=於忿縺。惡失=道於嗜慾。惡忘=於貴福。」 | 杖之銘曰：「惡乎危？於忿疐。惡乎失道？於嗜慾。惡乎相忘？於富貴。」 |

**秋貞案：**

楚簡本和今本的盥盤銘可說是一樣。此銘在「中山王嚳鼎」作：「與其溺于人也，寧溺于淵」。

楚簡本為「桯」銘、「枳」銘，如本字，非為今本的「楹」銘和「杖」銘。據筆者考釋結果，楚簡所言為是，而且器物和銘文的對應較今本為佳。（見第二章第三節考釋）。

（十一）

| 楚簡本 | 今本（文淵閣） |
|---|---|
| 【10】卣銘諺曰：「位難得而易失，士難得而易間。」毋勤弗志，曰余知之。毋 | 帶之銘曰：「火滅脩容，慎戒必恭，恭則壽。」屨履之銘曰：「慎之勞，勞則富。」觴豆之銘曰：「食自杖，食自杖，戒之憍，憍則逃。」戶之銘曰：「夫名難得而易失。無懃弗志，而曰我知之乎？無懃弗及，而曰我杖之乎？擾阻以泥之，若風將至，必先搖搖，雖有聖人，不能為謀也。」牖之銘曰：「隨天之時，以地之財，敬祀皇天，敬以先時。」劍之銘曰：「帶之以微服，動必行德，行德則興，倍德則崩。」弓之銘曰：「屈伸之義，廢興之行，無忘自過。」矛之銘曰：「造矛造矛，少間弗忍，終身之羞。」予一人所聞，以戒後世子孫。 |

**秋貞案：**

楚簡的「卣」銘即是今本的「戶」銘，但是銘文的內容差異極大。首先「卣」銘有「士難得而易間」一句，今本無，而且楚簡甲本從第 10 簡後即缺，所以不知是否還出現其他的器銘。

今本此句的註解中，盧辯曰：「志，識也。杖立不能懲其駑怠，而自謂杖成功無可就，故終失其名也。搖搖，無所托言，有風則先困。論人行亦然。」汪照曰：「《集解》：朱氏曰：『無懃弗志至擾阻以泥之，皆所未詳，要必有害於戶者，若風將至，此謂戶不固閉而動搖也。』」孔廣森曰：「志，記也。枝，支也。雖若已知，不懃則忘弗能記也。雖若可支，不懃則墮弗能及也。泥之，似謂墐戶也，然擾阻則未詳也。」洪頤煊曰：「『擾』當為『獿』字之訛。服虔《漢書音義》：『獿，古之善塗墍者也。』《爾雅·釋詁》：『阻，難也。』謂泥塗不善風至必敗也。」向東案：擾阻疑即阻擾。〔註 24〕黃懷信案：「擾阻」疑

〔註 24〕方向東撰《大戴禮記滙校集解》，北京：中華書局，2008 年 7 月，頁 637～638，註 26。

不誤。擾，猶繞。阻，塞也。繞阻以泥之，形容塗墐之周密。之，指戶。言戶不可墐死。〔註25〕

現代二位學者均否認「擾」為「獿」。但對於此銘之解釋仍有未盡之處。確實如朱氏所言：「皆所未詳」。是故，筆者在第二章第三節中已作考釋，今「卣」之器物為青銅酒器，而且可以合理的解釋對應「卣」器的銘文。見第二章第三節的器物銘文考釋。

筆者認為今本「戶」銘一段「夫名難得而易失。無勤弗志，而曰我知之乎？無勤弗及，而曰我杖之乎？」，和「擾阻以泥之，若風將至，必先搖搖，雖有聖人，不能為謀也」兩句，我們可見後句和「戶」有關，但前一句顯然和「戶」無關。此兩句之間即不見相關聯。會造成這個結果的原因不明，因為出土楚簡未見後句，故不能判定今本的後句是否為後人所附會。但是，從楚簡本的「卣」銘對照今本的「戶」銘，應以「卣」和器物對應性比「戶」為強。

《太公金匱》中也有「戶之書曰」：「出畏之，入懼之。」此為「戶」銘反而易於理解而貼切，但是不見於楚簡本之中。

以上為楚簡本和今本的比較。筆者綜合幾點結論：

甲、從文句比對起來，鄭玄所注的版本和唐代孔穎達所見的版本有出入。孔見本和今本較為一致，至於鄭注本是否近於楚簡本呢？郝士宏認為「與今《大戴禮記》相較，鄭注可能與竹簡更接近一些」〔註26〕，筆者的意見和郝先生略同，我認為在比較孔疏本後，相形之下鄭注本和楚簡本是較為接近，如「意」字屬下讀、「王行西折而南，東面而立」一句和楚簡較相似，但因為所見鄭見本有限，故也不能完全斷定鄭見本和楚簡為同一版本。

乙、楚簡甲乙本雖敍述同一事件，但主名不同，甲本稱師尚父，乙本稱太公望；甲本有武王為銘的記載，乙本無；甲乙本的齋戒日數不同；甲乙本敍述武王受丹書之言的方位不同；甲乙本所言丹書之內容不同：楚簡的甲本有，而乙本無；乙本有，而甲本無，甲乙本互補的內容可和今本相互對照。

丙、楚簡甲乙本不見有「武王踐阼」句，且均以詢問呂尚為開頭。而今本以「武王踐阼」句為開頭，敍述武王先詢問士大夫之後得不到解答，才向呂尚

〔註25〕黃懷信：《大戴禮記彙校集注》，三秦出版社，2005年，頁663。
〔註26〕郝士宏：〈《禮記‧學記》鄭注、孔疏關於《武王踐阼》的記載〉，http://www.gwz.fudan. edu.cn/SrcShow.asp?Src_ID=630，2009.01.06。

請益。從文本的不同，可以推測為不同版本外，對於今本的開頭較為迂迴，簡本反而直接切入主題。

丁、從古代文獻中記載武王為銘的器物和數量多寡來看，在楚簡本上只寫有七種器物，而今本有十幾種，甚至到蔡邕《銘論》說的十八種，若依顧頡剛的「層累造成」說，楚簡本的版本可能早於今本的可能性大，因為越是後期的資料，可能後人穿鑿附會的越多，著墨的部分越勤。

戊、楚簡和今本之間最大的差異在武王作銘的部分。除了銘文的數量不一樣之外。筆者考釋楚簡為銘之器和今本的出入很大。從為銘的器物來看，以筆者在楚簡第二章中對器物名稱的考釋，如：樞機，武王在弩機上為銘之可能；桯，武王於所常用之床前几為銘之可能；枳，武王於觀戒之器或飲酒杯上為銘之可能；卣，武王於當代流行的盛酒器上為銘之可能。這些器物在在都顯現和商周時代的文明特色間或有戰國楚國文物的特色，而且其名稱較為古老，有的名稱因為正俗體的字音同訛混而被誤解，如「機」被誤為「机」；「桯」被誤為「楹」；有些器物後來改變了樣貌或逐漸消失而後人不能見到的，如桯，唐之後有了椅子的使用，床前几（榻前几）就不如已往重要而漸為消失。如枳和卣這些青銅酒器，也因後代文明和製作工藝的演進，或周的刻意限酒的政策而退出了歷史。故我們從《禮記‧學記》中唐孔穎達的疏，便可感受到彼此之間版本的差異很大了。也可以再往前推，在此之前所見到盧辯作注的〈武王踐阼〉篇，因為當時已不見其物，又無考古的認識，故對武王為銘的器物更不明所以了。《朱子語類》中也表示這些不合理的現象。

> 《大戴禮》（孫賀錄云：「或有注，或無注，皆不可曉」）本文多錯，注尤舛誤。武王諸銘有直做得巧了切題者，如鑑銘是也，亦有絕不可曉者。（孫賀錄云：「有煞著題處，有全不著題處。」）想古人只是述戒懼之意，而隨所在在寫記以自省爾；不似今人為此銘，便要就此物上說得親切。（孫賀錄云：「須要做象本色。」）然其間亦有切題者，如湯盤銘之類。至於武王盥盤銘，則又似個船銘，（孫賀錄云：「因舉問數銘可疑。曰：『便是，如盥盤銘似可做船銘』」）想只是因水起意，然恐亦有錯雜處。〔註27〕

---

〔註27〕宋‧黎靖德編、王星賢點校：《朱子語類》，北京：中華書局，1988 年 8 月第二次印刷，頁 2269。

器物為銘，必是以該物之特性有關而作，為何不明古人用意，反倒認為今人做銘是貼切易於聯想，而武王作銘只是隨性起意？豈有此理耶？是楚簡〈武王踐阼〉上的器銘在後人不明瞭的情形下變得不可理解。武王為銘的器物之古而有徵，可見楚簡本應是目前所能見到最早的版本，倘若今無此文獻出土，武王為銘的公案亦終無明白之日。至於《太公金匱》、《太公陰謀》相傳是西周呂尚所作，但是未見出土的典籍，以如今傳世本看來，銘言如此親切，恐經後人修飾或撰造者多，實不能當作武王器銘的早期面貌。由銘文數量多寡不一，及為銘的器物不同，只能推論〈武王踐阼〉的版本有所不同，而且武王為銘的記載流傳甚為悠久廣遠。

## 第二節　探討〈武王踐阼〉的版本和價值

在這一節中，筆者要探討〈武王踐阼〉的版本，並肯定楚簡本的價值。首先版本問題涉及兩個層面，一是有關《大戴禮記》的成書問題，從這個問題的認識，可以提供我們窺見楚簡〈武王踐阼〉的甲乙本和今本不同版本的原因。二是楚簡本的成書年代的問題，此部分可以讓我們對楚簡本的傳布有更深刻的認識。三、再從這兩個問題的基礎上，讓我們進而推論楚簡本和今本之間的優劣，顯現楚簡本的價值。

### 一、《大戴禮記》的成書問題

我們所見今本《大戴禮記》相傳是西漢時期禮學名家戴德所編選，他是西漢元帝（西元前 48～33）時人，生卒年不詳。《大戴禮記》不同於小戴《禮記》的命運，因為《小戴禮記》有大儒鄭玄為其作注，又被立於學官，較為後人所傳習，相形之下《大戴禮記》竟乏人問津，只有北周時盧辯（生卒年不詳，約為北魏末北周初人）為其作注，又因為「《大戴禮》本文多錯，注尤舛誤」〔註28〕少有人研讀。一直到清代的考據校勘興盛，才又重新受到重視。目前在注解方面除了北周時盧辯注之外，又以清代孔廣森的《大戴禮記補注》和王聘珍的《大戴禮記解詁》較為有名。〔註29〕到民國之後可見的《大戴禮記》的注解本或集解本有

〔註28〕見《朱子語類》卷第八十八，中華書局，1988 年 8 月。
〔註29〕葉國良、夏長樸、李隆獻合著《經學通論》，台北：大安出版社，2006 年 10 月一版二刷，頁 207。

三：高明《大戴禮記今註今譯》、黃懷信主編的《大戴禮記彙校集注》和方向東《大戴禮記匯校集解》。

據東漢鄭玄的〈六藝論〉上說：「戴德傳《記》八十五篇，則《大戴禮》是也；戴聖傳《禮》四十九篇，則此《禮記》是也。」〔註30〕晉陳邵〈周禮論敍〉〔註31〕和《隋書經籍志》都提到鄭玄的說法，而且提到戴德刪古《記》二百四篇為八十五篇，謂之《大戴禮》，而戴聖又刪戴德之書為四十九篇，是為《小戴禮》，但是這一種說法被後代的學者質疑。清代王聘珍在〈大戴禮記解詁敍錄〉中認為大小戴都從《古文記》二百四篇中取自己所需而成編，從《小戴禮》的篇目和《大戴禮》有所不同，而反對小戴刪大戴之書的說法：

> 大小戴同受業於后倉之門，小戴又何庸取大戴之書而刪之！蓋
> 兩家俱就《古文記》二百四篇中，各有去取，故有大戴取之，小戴
> 亦取之，如〈哀公問〉、〈投壺〉等篇者也。況大戴所闕之篇，其名
> 往往見於他書，如〈王度記〉、〈辨名記〉、〈政穆篇〉之類，皆不在
> 《小戴記》中，豈得以大戴闕篇，即小戴全篇邪？〔註32〕

學者洪煨蓮在他的〈儀禮引得序〉中說《大戴禮》中可以見到古文經的《逸禮》〔註33〕、《周官》，而當時西漢時期還是以今文經為主流，即使西漢晚期劉歆建議為古文經立學官，都被今文經學家強烈反對，那麼當時的禮學家，也是今文經學家的戴德怎麼可能在自己匯輯的《記》中加入古文經的作品呢？故洪煨蓮更進一步推論「大戴並未嘗纂集後漢所流行之《大戴禮》也」，既無選輯《大戴禮》，何來有小戴刪大戴的說法：

> 大戴亦后倉弟子，奈何自破家法，收用《逸禮》？且試讀〈朝事
> 篇〉中引《周官‧大行人》，而曰《禮‧大行人》。夫《周官》：「既
> 出於山巖屋壁，復入于秘府，五家之儒，莫得而見；致劉歆校理秘
> 書時，始列於《錄略》。時眾儒並出，共排以為非是。」戴德卒於何
> 時，不可考。然彼不居「莫得而見」《周官》之列，必亦在排斥《周
> 官》「以為非是」之輩。何至引用《周官》，稱之為《禮》哉？然則

---

〔註30〕見孔穎達《曲禮疏》引。
〔註31〕見唐陸德明《經典釋文敍錄》引。
〔註32〕清‧王聘珍著、王文錦點校：《大戴禮記解詁》，北京：中華書局，1992 年 1 月。
〔註33〕〈奔喪〉、〈投壺〉皆《逸禮》。

大戴並未嘗纂集後漢所流行之《大戴禮》也。大戴不曾為之，小戴
更何從而刪之哉！〔註34〕

王文錦在王聘珍《大戴禮記解詁》前言中說到：這兩部書應是掛著西漢禮
學大師戴德、戴聖牌子的兩部儒學資料雜編，而非他們所匯輯的。當時禮學家
們會有自己傳習和《禮》有關資料的匯輯本，隨時間的遷移、風氣的影響和個
人的好惡而有所刪益，於是形成了八十五篇本和四十九篇本的型態：

> 不難設想，從大戴、小戴到鄭玄這二百多年之間，禮學家們附
> 《士禮》而傳習的有關資料的匯輯本，應該是很多的。這類匯輯本，
> 每種所輯的文章，不都是出於一個時期，作者不是一人，乃至學派
> 也非只一家。某個匯輯本的選輯者即使開始是出自一時一人之手，
> 由於是附《士禮》而傳習的資料，沒有定型而單獨成書的，師弟傳
> 鈔，自然不免隨時間的遷移、風氣的影響和個人的好惡而有所刪益。
> 這類匯輯本經過長時間的流傳變化，在今古經學界趨向混合的影響
> 下，逐漸摻進了古文經記。多數選輯本總要被少數選輯本淘汰。到
> 了東漢中期，大多數「記」的選輯本先後被淘汰，形成了八十五篇
> 本和四十九篇本。前者篇數較多，遂稱為《大戴禮記》；後者篇數較
> 少，遂稱之為《小戴禮記》。後人又附會出大戴刪古《記》為八十五
> 篇、小戴刪大戴為四十九篇的說法。其實這兩部書只可以說是掛著
> 西漢禮學大師戴德、戴聖牌子的兩部儒學資料雜編，它們既不是大
> 戴、小戴所分別傳習的《士禮》，也不是二戴各自附《士禮》而傳習
> 的「記」的匯輯本的原貌。〔註35〕

李學勤在〈郭店簡與《禮記》〉一文中提出不同的看法。〔註36〕他一樣不
贊成小戴刪大戴的說法，但他認為漢時已有大小戴《禮記》的編纂，大戴八
十五篇，小戴四十九篇，大小戴《禮記》有重複的篇章，只能說是傳本的不同
而已：

> 《漢書》所敍《禮》的流傳，是指《士禮》也就是後來講的《儀

〔註34〕引自王聘珍撰、王文錦點校《大戴禮記解詁》前言，北京：中華書局出版，1992 年
　　　　1 月，頁 5。
〔註35〕引自王聘珍撰、王文錦點校《大戴禮記解詁》前言，北京：中華書局出版，1992 年
　　　　1 月，頁 6。
〔註36〕李學勤：〈郭店簡與《禮記》〉，「郭店楚簡研究」，《中國哲學史》1988 年第 4 期。

禮》一經的傳承。至於《禮記》，那時雖也在流傳，但沒有獲得經的地位。我們不能以為大小戴並時或更晚的學者，如聞人通漢、慶普等人也一定傳記，更不能因《漢書》沒有提到大小戴《禮記》而起懷疑。〔註37〕

大小戴《禮記》的形成均在西漢。前引鄭玄《六藝論》，已經講明了這一點，所云大戴八十五篇、小戴四十九篇，俱與傳世本一致。

……實際上，大小戴《禮記》互有重複之處。今傳本《大戴禮記》久已殘缺，於八十五篇中僅存三十九篇，但如清陳壽祺《左海經辨》所說：「二戴《記》有《投壺》、《哀公問》兩篇篇名同。大戴《曾子大孝篇》見小戴《祭義》、《諸侯釁廟篇》見小戴《雜記》，《朝事篇》自『聘禮諸侯務焉』見小戴《聘義》，《本命篇》自『有恩有義』至『聖人因殺以制節』見小戴《喪服四制》。其他篇目，尚多同者。」如此重複重疊的情形，只能說是傳本的不同，不能用小戴刪大戴解釋。

李學勤作了推論：大小戴《禮記》是先秦時的古文，這些古文大都以單篇行世，內容即為申釋《禮》的記。而漢人所編纂的《禮記》內容較駁雜，收進許多不是直接申釋《禮》經的篇章：

大小戴《禮記》是西漢前期蒐集和發現的儒家著作的匯編，絕大多數是先秦古文，個別有漢初成編的，當時簡帛流傳不易，書籍常以單篇行世，不管是孔壁所出，還是河間獻王所得，必有許多書的單篇，都被二戴編入《禮記》。

古代《禮》多有記，今傳本《儀禮》不少篇也附有記，因而先秦已有《禮》記是無疑的。不過漢人所說的《禮》記，內涵實較駁雜，把許多不是直接申釋《禮》經的文字也收進來了。小戴《禮記》中《別錄》列為「通論」的部分，如《檀弓》、《禮運》、《學記》、《哀公問》、《仲尼燕居》、《孔子閒居》以及《大學》、《中庸》、《緇衣》

---

〔註37〕王聘珍：《大戴禮記解詁》王文錦前言，頁2，中華書局，1983年。王文錦云：「據上引漢書有關記載可知，大戴、小戴承上啟下而傳習的禮學，指的是《士禮》（即現存《儀禮》的前身，二者篇次、內容、文字不盡相同，二戴各自傳本的原貌已無從得知），《漢書》根本沒有提到《大戴禮記》和《小戴禮記》。」

等等，尤其如此。〔註38〕

**秋貞案：**

綜合以上的說法，《大戴禮記》的作者的問題可能還是令經學家們爭論不已。但目前學界比較確認的看法是：否定了小戴刪大戴之書的說法，〔註39〕而且對於大小戴《禮記》的內容有所共識：認為是先秦時儒家有關《禮》學著作的匯輯。

是故大小戴《禮記》的內容是西漢的今文經學家在傳習《士禮》〔註40〕時附帶的《記》，在當時是用隸書寫成有關禮制方面的匯輯作品。在《漢書藝文志》中關於《禮》的十三家的著錄中提到：「《記》百三十一篇，七十子後學者所記」，表示這些《記》是戰國時儒家後學門人所傳。王聘珍〈大戴禮記解詁敍錄〉中提到：「《古文記》二百四篇，亦非出於一時一人之手，若〈禮察〉、〈保傅〉諸記，乃楚漢間人所為，合為二百四篇之中，而為孔氏所藏；亦別有流傳在外之本，而為賈氏所取」。〔註41〕這些《記》當時是附於《士禮》之中的，應該有很多當代的禮學家都會因應自己所傳授的內容，而有不同的匯輯本，而大小戴應該也有自己所匯輯的教本。這也可以說明為何《記》的篇數記載有所不同，〔註42〕而且當時《記》的內容如何，我們也不可能得知。現代出土的楚簡中有關說「禮」或和大小戴《禮記》相關的篇章，都可能是當時禮學

〔註38〕李學勤：〈郭店簡與《禮記》〉，「郭店楚簡研究」，《中國哲學史》1988 年第 4 期。

〔註39〕方向東撰《大戴禮記滙校集解》（北京：中華書局，2008 年 7 月），頁 3。

〔註40〕在《漢書儒林傳》裡說到：漢興，魯高堂生傳《士禮》十七篇，而魯徐生善為頌。孝文時，徐生以頌為禮官大夫，傳子至孫延、襄。襄其資性善為頌，不能通經；延頗能，未善也。襄亦以頌為大夫，至廣陵內史。延及徐氏弟子公戶滿意、桓生、單次皆為禮官大夫。而瑕丘蕭奮以《禮》至淮陽太守。諸言《禮》為頌者由徐氏。孟卿，東海人也。事蕭奮，以授后倉、魯閭丘卿。倉說《禮》數萬言，號曰《后氏曲臺記》，授沛聞人通漢子方、梁戴德延君、戴聖次君、沛慶普孝公。孝公為東平太傅。德號大戴，為信都太傅；聖號小戴，以博士論石渠，至九江太守。由是《禮》由大戴、小戴、慶氏之學。通漢以太子舍人論石渠，至中山中尉。普受魯夏侯敬，又傳族子咸，為豫章太守。大戴授琅邪徐良斿卿，為博士、州牧、郡守，家世傳業。小戴授梁人橋仁季卿、楊榮子孫。仁為大鴻臚，家世傳業，榮琅邪太守。由是《大戴》有徐氏，《小戴》有橋、楊氏之學。

《漢書藝文志》又說：漢興，魯高堂生傳《士禮》十七篇。訖孝宣世，后倉最明。戴德、戴聖、慶普皆其弟子，三家立於學官。節錄於王文錦，《大戴禮記解詁》十三經清人注疏前言，（北京：中華書局，1992 年 1 月）。

〔註41〕清·王聘珍著、王文錦點校：《大戴禮記解詁》，北京，中華zv書局，1992 年 1 月。

〔註42〕如劉向別錄云：「《古文記》二百四篇。」、漢書藝文志其目有《記》百三十一篇。

家整理後的作品或是更早期所流傳下來的篇章。如《經學通論》一書中說到：

> 大陸曾於郭店發現戰國竹簡〈緇衣〉，上海博物館復發布所藏戰
> 國竹簡〈緇衣〉、〈孔子閒居〉及見於《大戴禮》的〈武王踐阼〉、〈曾
> 子立孝〉等，雖然章次文句和傳世本不無出入，但對於古人主張二
> 戴《禮記》多出於七十子及後學之徒的說法，提供了有力的證據。
> 同時，這些不同版本的篇章，對研究二戴《禮記》，無疑可以產生絕
> 大的刺激，引發新的思索。〔註43〕

時至今日，出土文獻的發現，使《大戴禮記》的研究又受到關注。廖名春
也是支持楚簡〈武王踐阼〉篇的出土可證明《大戴禮記》和《禮記》之屬，應
當都出自戰國「古文記」：

> 王聘珍認為「《大戴》與《小戴》同受業於后倉，各取孔壁《古
> 文記》。」〔註44〕其實正如李學勤先生所說，「古文記」至少有孔壁
> 所出和河間獻王所得兩個〔註45〕。《漢書‧藝文志》載：「武帝末，
> 魯恭王壞孔子宅，欲以廣其宮，而得《古文尚書》及《禮記》、《論
> 語》、《孝經》凡數十篇，皆古字也。」《景十三王傳》說：「獻王所
> 得皆古文先秦舊書，《周官》、《尚書》、《禮》、《禮記》、《孟子》、《老
> 子》之屬，皆經傳說記，七十子之徒所論。」可見「古文記」所出
> 非一。《大戴禮記》為《禮記》之屬，其篇章大部當出自戰國「古
> 文記」，楚簡《武王踐阼》篇的出土當是證明。〔註46〕

劉洪濤在〈《民之父母》、《武王踐阼》合編一卷說〉一文中也認為以〈武王
踐阼〉和〈民之父母〉的內容來看應是「禮記」之屬：

> 如果《民之父母》與《武王踐阼》合編為一卷，那麼它的大題
> 應該叫做什麼呢？我想很多人都會想到「禮記」。《漢書‧藝文志‧
> 六藝略》禮類著錄「《記》百三十一篇」，班固自注：「七十子後學
> 所記也。」孔穎達《禮記正義》引鄭玄《六藝論》雲：「戴德傳《記》

---

〔註43〕 葉國良、夏長樸、李隆獻合著《經學通論》，台北：大安出版社，2006 年 10 月一
版二刷，頁 206。

〔註44〕 《大戴禮記解詁‧敍錄》。

〔註45〕 《郭店簡與〈禮記〉》，《中國哲學史》1998 年 4 期。

〔註46〕 廖名春：〈上海博物館藏‧楚簡《武王踐阼》篇管窺〉，刊於《中國出土資料研究》
第 4 號，收入作者文集《新出楚簡試論》，臺灣古籍出版有限公司，2001 年。

八十五篇，則《大戴禮》是也。戴聖傳《記》四十九篇，則此《禮記》是也。」可見大小戴《禮記》有相當篇目是選取自《記》百三十一篇的，《孔子閒居》和《武王踐阼》應該就是其中的兩種。戰國時代是否存在《記》百三十一篇不得而知，但是《孔子閒居》、《武王踐阼》合編本的存在至少說明，戰國時代曾存在過跟大小戴《禮記》一樣把有關禮的記載合編為一書的文獻。西漢劉向編撰《戰國策》時曾見過不同版本的《戰國策》，名稱也不一樣。他把這些《戰國策》分類去重重編，就形成了我們今天所見到的本子。我們懷疑戰國時期也曾流傳過很多不同版本的《禮記》，漢代學者也曾對這些不同的版本進行過分類去重整理的工作，《記》百三十一篇大概就是整理去重之後的篇目。從這個意義來講，《民之父母》、《武王踐阼》合編本應該是《記》百三十一篇的一個早期版本，把它稱為「《禮記》」，應無太大問題。〔註47〕

楊華亦認為漢代二戴在選編《禮記》時，對這些古書進行了重新整理，或分類去重，或增廣擴充，才形成後來所見的兩種《禮記》匯編。〔註48〕

故〈武王踐阼〉是「古文記」中的一篇，被收入在《大戴禮記》中而流傳下來。楚簡本〈武王踐阼〉是戰國中晚期時楚地的簡冊，〔註49〕因為從先秦時期儒家後學門人所傳的教本《記》有所不同，故後人所輯的篇章也會因此或有不同，今天所見出土的楚簡〈武王踐阼〉甲乙本，正可以說明當時有不同版本的〈武王踐阼〉篇流傳才是。和今本之間對照之下，其差異性提供了一個窗口，讓我們對《大戴禮記》的成書問題有更清楚的了解，這同時也是出土文獻的貢獻。

---

〔註47〕劉洪濤：〈《民之父母》、《武王踐阼》合編一卷說〉，http://www.gwz.fudan.edu.cn/SrcShow.asp?Src_ID=614，2009.01.05。

〔註48〕楊華先生在〈上博簡《武王踐阼》集釋（下）〉，井岡山大學學報，2010 年 3 月。

〔註49〕張顯成：《簡帛文獻學通論》，中華書局，2006 年 3 月北京第 2 次印刷，第 66 頁：「1994 年春，在香港古玩市場上陸續出現了一些戰國楚竹簡，上海博物館立即通過香港中文大學的張光裕教授進行收購，5 月，購回了這批戰國楚簡。同年秋冬之際，又在香港古玩市場發現了一批同類竹簡，香港的朱昌言、董慕節、顧小坤、陸宗麟、葉昌午幾位先生聯合出資，收購了這批楚簡，計 497 枚，並捐贈給上海博物館。兩批楚簡完、殘合計 1200 餘枚，字數達 3.5 萬字。其內容十分豐富，涉及哲學、文學、歷史、宗教、軍事、教育、政論、音樂、文字學等領域，共有文獻近 100 種，……；這批文獻大都是佚書，有傳世文獻可對照者不到十種，顯得尤為珍貴。這批文獻的墓葬地點不明，估計與郭店楚簡有聯繫，其下葬時間當在戰國中晚期。」

## 二、楚簡〈武王踐阼〉的成書年代的問題

我們既了解楚簡〈武王踐阼〉篇的版本是別於今本的不同篇章，也是先秦時期楚國的文獻典籍，但是對於其成書的年代為何時？主要有廖名春和何有祖討論這個問題，分別提出不同的看法。

### （一）廖名春的看法

廖名春在〈上海博物館藏‧楚簡《武王踐阼》篇管窺〉中指出〈武王踐阼〉篇的成書年代應早於戰國，原因是《中山王𦥑鼎》云：「寡人聞之：『與其溺於人也，寧溺於淵。』」和武王盥盤之銘曰：『與其溺於人也，寧溺於淵。溺於淵猶可遊也，溺於人不可救也。』」一樣。而且推論〈武王踐阼〉篇應早於中山王𦥑鼎，故認為中山王𦥑鼎所聞是出於〈武王踐阼〉篇：

> 《武王踐阼》篇不但見諸楚簡，其內容也為戰國時期的金文所稱引。如今本：「王聞書之言，惕若恐懼，退而為戒書。……盥盤之銘曰：『與其溺於人也，寧溺於淵。溺於淵猶可遊也，溺於人不可救也。』」《中山王𦥑鼎》云：「寡人聞之：『與其溺於人也，寧溺於淵。』」李學勤先生指出：「《御覽》引此語，說是隨武子（即春秋中葉晉臣士會）之盤銘，也許不無根據。就思想而言，這段話既見於《大戴禮記》，其屬儒家則是無疑的。」（《平山墓葬群與中山國文化》，原載《文物》1979 年第 1 期）案，由楚簡《武王踐阼》篇可知，《御覽》說不可信。中山王𦥑所聞，屬《武王踐阼》篇所載之武王「盥盤之銘」無疑。《中山王𦥑鼎》所出平山一號墓的年代由銘文估算在西元前 308 年後不久（李學勤、李零《平山三器與中山國史的若干問題》）。而楚簡《武王踐阼》篇與郭店楚簡的年代相當，「李學勤、裘錫圭、李伯謙、彭浩和劉祖信」「幾乎都同意這樣一種說法：郭店一號墓約下葬於西元四世紀末期」（王博《美國達慕思大學郭店〈老子〉國際討論會紀要》，《道家文化研究》第 17 輯頁 2）。依此算來，楚簡《武王踐阼》篇的下葬差不多早於《中山王𦥑鼎》一世紀。因此，說中山王𦥑所聞出於《武王踐阼》篇，是完全可以成立的。

另外，廖名春認為從當時「平山三器」三篇銘文反復引用了春秋前所作的儒家經典，故推論〈武王踐阼〉篇可能還可往前推到春秋之前，甚至可能是西

周時代留下來的實錄。再從〈武王踐阼〉篇對王的稱呼來看，文中有些只提到「王」而非「武王」似乎是對當時王的稱呼，故它可能是西周史官之作，記載君臣之間的禮儀，後來被後學七十子收進了他們傳習的「《禮》記」之中而流傳了下來。若此說成立的話，〈武王踐阼〉篇甚至可更往前推到是西周期的可信史料，對於研究西周時的君臣之道有很高的價值：

> 但應當指出的是，《武王踐阼》篇這種記載西周武王事跡的文獻，與一般記載孔子師徒言行應對的文獻，其形成的年代是不同的。如《主言》、《哀公問五義》、《曾子立事》諸篇，成於七十子門人之手，其時代不會早於戰國。而《武王踐阼》篇雖是七十子所傳，但由於是記載西周舊聞，必有所據，其成書的時代應早於戰國。這一點，我們看看包括《中山王嚳鼎》在內的「平山三器」的銘文就會明白。李學勤先生指出：「平山三器」三篇銘文的一個突出特點，是反復引用了儒家經典，主要是《詩經》，其所舉篇名《殷武》、《烝民》、《韓奕》、《皇矣》、《訪落》、《閟宮》、《大明》、《大東》（《平山墓葬群與中山國的文化》）。這些詩，除《閟宮》外，皆為春秋前的作品。其引《武王踐阼》，亦當如此。從《武王踐阼》篇的稱呼來看，儼然是西周史官實錄的口氣。「武王」之稱除篇首一見外，其餘皆稱為「王」。西周利簋銘文已有「武王」之稱。因此，稱「武王」並不能說其晚出。值得注意的是，此「武王」不但「師尚父」稱為「王」，而且作者記事亦稱「王端冕」、「王下堂」、「王西行」、「王聞書之言」。顯然，「此王」在作者來說是時王。因此，它得可能是西周史官之作。因為有武王君臣論禮行禮的記載，被七十子之徒當作學習禮儀的參考資料收進了他們傳習的「《禮》記」之中而流傳了下來。這一推論如果能成立的話，《武王踐阼》篇作為西周期的可信史料，就可以為我們研究武王君臣的思想，甚至「黃帝、顓頊、堯、舜之道」服務，材料匱乏，「文獻不足徵」的黃帝、顓頊、堯、舜、文、武之道，就會透露出新的消息。〔註50〕

---

〔註50〕廖名春：〈上海博物館藏・楚簡《武王踐阼》篇管窺〉，刊於《中國出土資料研究》第4號，收入作者文集《新出楚簡試論》，臺灣古籍出版有限公司，2001年。

**秋貞案：**

總結廖名春的看法是：〈武王踐阼〉的成書年代可能是可以往前推至西周時期的實錄。

### （二）何有祖的看法

何有祖在〈上博簡《武王踐阼》初讀〉一文中〔註51〕對楚簡〈武王踐阼〉篇的成書年代提出不同的看法。他對廖名春認為楚簡〈武王踐阼〉篇是西周武王實錄的觀點，有待商榷：

> 歷來學者以為《大戴禮記‧武王踐阼》篇是西周武王實錄（高明《大戴禮記今注今譯》「自序」第 8 頁，臺灣商務印書館 1975 年），廖文亦持此種觀點。不可否認，楚簡《武王踐阼》對判定《大戴禮記‧武王踐阼》篇的年代很有幫助。但是結合楚簡《武王踐阼》文體及其時代背景來看，認為《大戴禮記‧武王踐阼》篇是西周武王實錄，尚需商榷。

何有祖認為〈武王踐阼〉的內容，以武王和師尚父之間對話的模式，這其中體現出來的托古傳文的跡象，若僅憑武王、師尚父字樣，是不能作為西周實錄的依據：

> 武王與師尚父對話這一模式，亦見於後世文獻所載「金人銘」，兩者在名稱與問答的方式上頗有相似之處，如：
>
> 《藝文類聚》卷 23 引《太公金匱》曰：「武王問師尚父曰：『五帝之戒可得聞乎？』師尚父曰：『舜之居民上，矜矜如履薄冰；禹之居民上，栗栗如恐不滿；湯之居民上，翼翼乎懼不敢息。』又曰：『吾聞道自微而生，禍自微而成。』」
>
> 《太平御覽》卷 459 引《太公金匱》曰：「武王問師尚父曰：『五帝之戒可複得聞乎？』師尚父曰：『舜之居民上，兢兢如履薄冰；禹之居民上，栗栗如恐不滿；湯之居民上，翼翼乎懼不敢息。』」
>
> 《太平御覽》卷 590 引《皇覽記‧陰謀》：「黃帝金人器銘曰：『武王問尚父曰：五帝之誡可得聞乎？尚父曰：黃帝之誡曰：吾之

---

〔註51〕何有祖，〈上博簡《武王踐阼》初讀〉，http://www.bsm.org.cn/show_article.php?id=756，2007.12.04。

居民上也，搖搖恐多，故為金人，三封其口曰：古之慎言，堯之居民上也，振振如臨深淵；舜之居民上也，粟粟恐夕不旦。武王曰：吾並殷民居其上也，翼翼懼不敢息。尚父曰：德盛者守之以謙，守之以恭。武王曰：欲如尚父言，吾因是為誡，隨之身。』」

《玉海》卷 31 引《皇覽記》：「黃帝金人器銘曰：<u>武王問尚父曰：『五帝之戒可得聞乎？尚父曰：『黃帝之戒曰：吾居民上，搖搖恐夕不及朝，故為金人，三封其口曰：古之慎言人。』</u>」

即在文章開頭先戴上武王與師尚父對話的帽子。上世紀出土的馬王堆漢墓中所保存的《黃帝書》、《十問》、《合陰陽》，以及上博楚簡《彭祖》等文本也多用此類手法。其中體現出來的托古傳文的跡象是比較明顯的。因此僅憑有武王、師尚父字樣，很難看作是西周實錄。

何有祖舉清儒孔廣森所言為證，認為〈武王踐阼〉篇是後人托古而作。何有祖將今本〈武王踐阼〉的器銘部分作一番分析，認為從器銘上可以看出成書的年代：

清人孔廣森曰：「邢子才曰：『君位在阼階，故有《武王踐阼》篇。』云既王之後者，銘詞有所監不遠。視遍所代。又王自稱予一人，故盧君知之也。《竹書》：『紂四十一年，西伯昌薨。四十二年，西伯發受丹書于呂尚。』按居喪之禮，升降不由阼階，況武王喪終觀兵，猶自稱太子發，安得文王薨之踰年，遂踐阼階，當君位乎？汲郡古文出於依託，非可取驗。」（參看黃懷信《大戴禮記彙校集注》頁639，所引孔廣森意見）即已結合史實，從禮制上分析武王踐阼說法上的漏洞。

《大戴禮記・武王踐阼》收錄了 17 則器銘，是該篇的主體部分。這一部分性質如何，是否有竹簡與之對應，很大程度上關係到此篇成書年代。

何有祖從歷來文獻上記載〈武王踐阼〉銘文數量的不同談起，再就銘文的意義，將〈武王踐阼〉中所謂「戒」書，認為是禮器中的「箴銘類」：

後世學者對此頗有留意。《太平御覽》卷 590 引蔡邕《銘論》曰：「武王踐祚，咨于太師，作席几楹杖之銘十有八章。」沈德潛

《古詩源》（中華書局 1963 年）卷一收有《左傳》、《大戴禮記》和《太公金匱》等書中的一些古代箴銘。有學者指出，蔡邕所見箴銘 18 章的情形與今本數目並不相合。（參看黃懷信《大戴禮記彙校集注》第 667 頁所引孔廣森意見）

上揭器銘意義相應，文辭簡練，意義深邃，誠為警世名言，然實質上仍屬禮器銘文。禮器銘文按照內容可以分為五類，即做器以祭祀或紀念其祖先，記錄戰役和重大事件，記錄王的任命、訓誡和賞賜，記錄田地的糾紛與疆界，以及記錄媵嫁事件。〔註52〕但上揭器銘似不易歸入前舉五類的某一類。李零先生把《尚書》類型的古書分為：掌故類（典、謨）、政令類（訓、誥、誓、命）、刑法類（刑、法）、戒敕類（箴、戒），指出《左傳》襄公四年有《虞人之箴》，《逸周書‧嘗麥》有成王箴大正之辭，是所謂「箴」（此類多屬勸諫之辭）。《大戴禮‧武王踐阼》提到周武王「退而為戒書」，《逸周書》有《大戒》，是所謂「戒」（此類多屬警告之辭）。〔註53〕此前他提到魚匕鼎以及鳥書箴銘帶鉤的時候即稱為箴銘。〔註54〕已有把此類銘文體看作箴銘體的意向。張鐵先生在此基礎上把上揭器銘文體稱作箴銘體。〔註55〕如此，禮器銘文分類中可再加上一類，即「箴銘類」。

何有祖認為〈武王踐阼〉所引對應箴銘的來源可能春秋中葉隨武子之盤銘。李零考證箴銘的特點是採用「借喻」手法，〈武王踐阼〉篇應是春秋以來的箴銘，用以箴勸世人所為：

春秋戰國之交，常見于西周的大型銘文漸少，而物勒工銘占很大比例，箴銘類禮器正出現於這一時期，如：

《御覽》所收錄的春秋中葉隨武子之盤銘。李學勤先生即認為是《中山王𰯼鼎》所引箴銘的最早來源（李學勤《平山墓葬群與中山國

〔註52〕何有祖參見陳夢家《西周銅器斷代（三）》，《考古學報》1965 年第 1 期，頁 65～114。第五類見於李零《論𡙑公盨發現的意義》（《中國歷史文物》2002 年第 6 期），李零在文中進一步總結為：祭祀類、戰功類、冊賞類、訴訟類和媵嫁類。

〔註53〕何有祖參見李零《論𡙑公盨發現的意義》，《中國歷史文物》2002 年第 6 期。

〔註54〕何有祖參見李零《考古發現與神話傳說》，《李零自選集》頁 78，廣西師範大學出版社，1998 年。

〔註55〕何有祖參見張鐵《語類古書研究》頁 20，北京大學碩士學位論文 2003 年 5 月。

的文化》,《文物》1979 年第 1 期)。我們考證它也可能同樣是《武王踐

阼》所引對應箴銘的來源(詳下文)。

　　魚鼎匕:「曰:誕有昏人,墜王魚鼎。曰:欽哉,出游水虫!下

民無知,參蚩尤命,薄命入羹,忽入忽出,毋處其所。」(李零《考

古發現與神話傳說》,《李零自選集》頁 78),《魚鼎匕》年代正是在春秋戰

國之交。(李夏廷《渾源彝器研究》,《文物》1992 年 10 期頁 61~75)

　　還有經過李零先生考證的鳥書箴銘帶鉤的年代也是戰國時期,

其鉤首銘文「物可折中」,鉤腹銘文「冊褙(?)毋反,毋怍毋悔,

不汲於利,民產有敬,不擇貴賤,宜曲則曲,宜直則直」,鉤尾銘

文「允」。李零先生認為:「此類箴銘的特點是採用借喻手法,寫在

什麼東西上,就有什麼東西來打比方。」(李零《戰國鳥書箴銘帶鉤考

釋》,《古文字研究》第 8 輯,頁 59~62,中華書局 1983 年)

　　另外秦郝氏印:「毋思忿,深瞑欲」,〔註56〕雖年代稍晚,也是典

型的箴銘文體。

　　器以載銘,銘以傳文。箴銘的出現很大程度上應是受到春秋之

季士人風氣的影響。銘言與當時生活息息相關的「席」、「鑑」、「盥

盤」以及「劍」、「弓」結合,無論是否是七十子弟子所為,其整合

春秋以來的箴銘,以箴勸世人的意圖是很明顯的。《武王踐阼》被收

入《大戴禮記》大概有著相似的意圖。

何有祖將單個器銘和其它文獻的對應比較,再進一步認為〈武王踐阼〉成書的

時間在春秋戰國之交。如果較為確切的時間,據其考證的結果認為:廖名春所

推算的「楚簡〈武王踐阼〉篇的下葬差不多早於《中山王𧝓鼎》一世紀」的說

法有誤,中山王𧝓所聞出於〈武王踐阼〉的可能性不大,〈武王踐阼〉的盥盤

之銘有可能是出於《御覽》所收錄的春秋中葉的隨武子盤銘,故其成書年代在

春秋中葉到戰國中晚期之間:

　　基於以上考慮,我們認為《武王踐阼》整合眾多箴銘的時間也應在春秋戰

〔註56〕何有祖:圖版見《珍秦齋古印展》圖版 35,澳門市政廳出版,1993 年 3 月。釋文
　　　　參看游國慶《珍秦齋古印展釋文補說》,《中國文字》新 19 輯,頁 169;董珊:《秦
　　　　郝氏印箴言款考釋——《易‧損》「懲忿窒欲」新證》,《考古與文物》1999 年第 3
　　　　期。

國之交。當然這個時間段還需要依賴其它證據來加以縮小。下面看看《武王踐
阼》單個器名與其它文獻的對應情況。如下表：

| 《大戴禮記‧武王踐阼》所見箴銘 | | 對應文獻及出處 |
|---|---|---|
| 鑒之銘 | 見爾前，慮爾後 | 弗覿（顧）前送（後）（《鮑叔牙與隰朋之諫》4）；「察後伺側」（《融師有成氏》6） |
| 盥盤之銘 | 與其溺于人也，寧溺於淵，溺於淵猶可遊也，溺於人不可救也。 | 與其溺于人也，寧溺于淵（中山王嚳鼎） |
| 牖之銘 | 隨天之時，以地之財，敬祀皇天，敬以先時。 | 川（順）天之時，起地之【材（財）】（《三德》18）<br>敬者尋（得）之，怠（怠）者遊（失）之，是胃（謂）天棠（常），天神之口。毋為口口，皇天牀（將）曌（興）之；毋為戀（偽）慮（詐），上帝牀（將）憎之。訏（忌）而不訏（忌），天乃墬（降）材（災）；已而不已（《三德》2） |

上表《盤之銘》「與其溺于人也，寧溺於淵，溺於淵猶可遊也，溺於人不
可救也。」與《中山王嚳鼎》「與其溺于人也，寧溺于淵」相對應。對於《中
山王嚳鼎》銘，李學勤先生指出《御覽》引此語，說是隨武子（春秋中葉晉臣
士會）之盤銘，也許不無根據。（李學勤《平山墓葬群與中山國的文化》，《文物》1979
年第 1 期）大致與箴銘體時代吻合。廖名春先生推論中山王嚳所聞出于《武王
踐阼》篇，引到李學勤先生的說法：（廖名春《新出楚簡試論》，臺灣古籍出版有限公
司 2001 年）

《中山王嚳鼎》所出平山一號墓的年代由銘文估算在西元前 308 年後不
久。（李學勤、李零：《平山三器與中山國史的若干問題》）楚簡《武王踐阼》篇與郭店
楚簡的年代相當，……郭店一號墓約下葬於西元前四世紀末期。〔註 57〕依此
算來，楚簡《武王踐阼》篇的下葬差不多早於《中山王嚳鼎》一世紀。因此，
說中山嚳鼎所聞出於《武王踐阼》篇，是完全成立的。

李學勤先生在其它地方也有類似的看法：

郭店 1 號墓屬於戰國中期後段。與之接近的荊門包山 2 號墓有

---

〔註 57〕何有祖指原注：《郭店簡與〈禮記〉》，《中國哲學史》1998 年 4 期。秋貞案：查《郭
店簡與〈禮記〉》沒有此語，應該是何先生註解有誤。引廖先生的註應為王博：《美
國達慕思大學郭店〈老子〉國際討論會紀要》，《道家文化研究》第 17 輯 2 頁，北
京：三聯書店，1999。

紀年可確定為公元前 323 年。比其晚的包山 4、5 號墓應早於公元前
278 年郢都被秦人佔領。因此郭店 1 號墓估計不晚於公元前 300 年。
或說是公元前 4 世紀末的墓葬，是合適的。（李學勤：《先秦儒家著作的
重大發現》，頁 13～21，《郭店楚簡研究》，《中國哲學》第二十輯）

　　比較前後兩種說法，比較容易發現《中山王𬀶鼎》下葬年代（公元前 308
年後不久），與郭店 1 號墓下葬年代（公元前 300 年，或說是公元前 4 世紀末）
相差並不遠，所謂相差一個世紀的說法應該是算錯了數字。因此我們認為，中
山王𬀶所聞出於《武王踐阼》的可能性不大，兩者都有可能是出於《御覽》所
收錄的春秋中葉的隨武子盤銘。李學勤先生已認為是《中山王𬀶鼎》所引箴銘
的最早來源。（李學勤《先秦儒家著作的重大發現》，頁 13～21）再結合上表中「鑒之
銘」、「牖之銘」的對應，可以看出《武王踐阼》所收箴銘下限大致在戰國中期
後段之前，上限是春秋中期以後。從箴銘的角度看，《武王踐阼》是西周武王
實錄的可能的確很小。

　　何有祖認為〈金人銘〉對判斷《武王踐阼》的成篇年代有幫助，故對〈金
人銘〉的成書年代作一番考證。何有祖先舉武內義雄、黃方剛的看法認為〈金
人銘〉源於道家的學說，再舉朱淵清對〈金人銘〉考證的結果，認為〈金人銘〉
的改作的時間大概是在戰國末秦初：

　　　　《太公金匱》有比較著名的金人銘。金人銘也見於《孔子家語·
　　　　觀周》、《說苑·敬慎》等傳世文獻。由於《武王踐阼》與金人銘關
　　　　係密切，所以弄清金人銘的文本流傳情況，對判斷《武王踐阼》的
　　　　成篇年代無疑是有幫助的。

　　金人銘的來源比較複雜，前人武內義雄、黃方剛〔註58〕指出有一部分銘文
與《老子》的關係密切，如：

　　　　《金人銘》：「無多言，多言多敗」，《老子》：「多言數窮，不如守
　　　　中」

　　　　《金人銘》：「強梁者不得其死，好勝者必遇其敵」，《老子》：
　　　　「人之所教，我亦教之：『強梁者不得其死。』吾將以為教父。」

---

〔註58〕何有祖指參見武內義雄：《老子原始》，（日）內藤虎次郎等著，江俠庵編譯：《先秦
　　　經籍考》，商務印書館 1931 年；黃方剛：《老子年代之考證》，顧頡剛編著《古史辨》
　　　第 4 冊，頁 368，上海古籍出版社，1982 年。

《金人銘》：「君子知天下之不可上也，故下之；知眾人之不可先也，故後之。」《老子》：「是以聖人後其身而身先，外其身而身存。」「是以聖人欲上人，必以言下之；欲下人，必以身後之。」

《金人銘》：「執雌持下，人莫踰之。」《老子》：「知其雄，守其雌。」

《金人銘》：「江海雖左，長於百川，以其卑也。」《老子》：「江海所以能為百谷王，以其善下之，故能為百谷王。」

《金人銘》：「天道無親，而能下人。」《老子》：「天道無親，常與善人。」

《金人銘》「綿綿不絕，或成網羅。毫末不札，將尋斧柯」，見於《戰國策》卷22《魏策一》：「蘇子引《周書》曰：『綿綿不絕，縵縵奈何？毫毛不拔，將成斧柯。前慮不定，後有大患，將奈之何？』」

朱淵清指出，今本《大戴禮記·武王踐阼》所引《席銘》、《楹銘》，其內容與《金人銘》相同：（朱淵清《〈金人銘〉研究——兼及〈孔子家語〉編定諸問題》，饒宗頤主編《華學》第六輯，頁201～216，紫禁城出版社2003年6月）

《金人銘》（《說苑·敬慎》）「勿謂何傷，其禍將長。勿謂何害，其禍將大。勿謂何殘，其禍將然。勿謂莫聞，天妖伺人。」《武王踐阼》「毋曰胡殘，其禍將然，毋曰胡害，其禍將大。毋曰胡傷，其禍將長。」

《金人銘》「安樂必戒」，《武王踐阼》「安樂必敬」

《金人銘》「無行所悔」，《武王踐阼》「無行可悔」

從以上對應關係，基本上可以看出金人銘的來源。對於金人銘的創作過程，朱淵清有如下結論：

《孔子家語》中的《金人銘》應是更為早期的文本，《說苑》此段當是從《孔子家語》這個文本中改進而來（即便《說苑》的《金人銘》不直接抄自《孔子家語》也是抄自另一個與《孔子家語》一樣的文本）。

《孔子家語·觀周》中的《金人銘》是根據《太公金匱》中《金人銘》文本改作而成。《太公金匱》是戰國中後期齊國的道家黃老著作，其中的《金人銘》

取用了當時寫刻在三個金人器物上的箴銘，由黃老家們加入了慣用的武王問太公的故事套子編造而成。戰國末年齊國稷下的儒學大師荀子把大量的《孔子家語》原始資料帶入秦國。此後，很可能是在秦國的雜揉儒道而傾向于道家的學者對道家著作《太公金匱》中的《金人銘》作了大幅改動，添入了大量老子思想，成了孔子向老子學的內容，並編入《孔子家語》。《金人銘》改作的時間大概是在戰國末秦初。

總結朱氏觀點：1. 《太公金匱》是《孔子家語・觀周》所收金人銘的來源；2. 戰國末秦初道家化的《金人銘》被收入《孔子家語・觀周》；3.《說苑・敬慎》直接來源於《孔子家語・觀周》；4. 金人銘刻在三個金人器物上（朱淵清贊同元人李治「有金人焉三，緘其口」的斷句，認為金文銘刻在三個金人器物上。此說不可信）。以下對這些觀點一一予以討論。

何有祖再針對朱淵清的結論作討論。何有祖反駁朱淵清的觀點，認為〈金人銘〉原本即是道家思想，並非到戰國末秦初才道家化。再者《孔子家語・觀周》的〈楹銘〉內容少於《說苑・敬慎》，故不大可能是其抄錄的來源：

回顧一下上面所列的對應關係，比較容易看出《金人銘》絕大部分文句其實是來自《老子》，體現儒家思想的文句其實只占很小的部分。從思想內容上看包含道儒兩家思想的《金人銘》，從整體上看仍是以道家思想為主。因此與其說《金人銘》被道家化，不如說從一開始《金人銘》就是以收集道家的警句為主，因為早期的儒家並不排斥道家，這從孔子對老子的推崇可以看出。《金人銘》雖然經過儒家思想的滲透，但其道家思想的主體至今仍未改變。朱淵清認為《金人銘》戰國末秦初才道家化，很可能是弄錯了主次關係。

至於《說苑・敬慎》與《孔子家語・觀周》之間的關係，還需要作些比較，如下表：

| 《武王踐阼》 | 《孔子家語・觀周》 | 《說苑・敬慎》 |
|---|---|---|
| 《席前左端之銘》：安樂必敬 | 安樂必戒 | 安樂必戒 |
| 《前右端之銘》：無行可悔 | 無所行悔 | 無行所悔 |
| 《楹銘》：毋曰胡殘，其禍將然，毋曰胡害，其禍將大。毋曰胡傷，其禍將長。 | 勿謂何傷，其禍將長。勿謂何害，其禍將大。勿謂不聞，神將伺人。 | 勿謂何傷，其禍將長。勿謂何害，其禍將大。勿謂何殘，其禍將然。勿謂莫聞，天妖伺人。 |

上表需注意兩點：

其一、《前右端之銘》「無行可悔」與《說苑·敬慎》「無行所悔」，「行所」的語序要比《孔子家語·觀周》來得流暢，具有更多相似之處。

其二、《楹銘》與《孔子家語·觀周》、《說苑·敬慎》語序顛倒，實則相似：

> 毋曰胡殘，其禍將然，毋曰胡害，其禍將大。毋曰胡傷，其禍將長。《楹銘》

> 勿謂何傷，其禍將長。勿謂何害，其禍將大。勿謂不聞，<u>神將伺人</u>。《孔子家語》

> 勿謂何傷，其禍將長。勿謂何害，其禍將大。<u>勿謂何殘，其禍將然</u>。勿謂莫聞，<u>天妖伺人</u>。《說苑》

從《孔子家語》「神將伺人」，《說苑》作「天妖伺人」來看，兩者所抄錄金人銘應有同一來源，但應有各自的變化。但是孰早孰晚？

繼續比較上列實際上是三個不同版本的《楹銘》，不難發現《孔子家語·觀周》較《武王踐阼》「楹銘」、《說苑·敬慎》而言，脫「勿謂何殘其禍將然」八字，故而已有脫文的《孔子家語·觀周》不大可能是較為完整的《說苑·敬慎》的抄錄來源。

何有祖認為〈金人銘〉有不同的版本，以《說苑·敬慎》、《孔子家語·觀周》所用版本較為接近，而且其年代在《武王踐阼》之後，《孔子家語·觀周》之前。雖然諸位學者對〈金人銘〉的成書年代仍未有所結論，但何先生認為以此界定〈武王踐阼〉成篇下限在戰國中期還是可以說得過去：

《金人銘》其實也是由類似《楹銘》的單一箴銘組合而成（在組合的過程中很明顯收錄了包含有道家因素的文句，這些可以參看鄭良樹《〈金人銘〉與〈老子〉》，《諸子著作年代考》，北京圖書館出版社 2001 年）。《武王踐阼》之《楹銘》與《說苑·敬慎》相對應的部分較之《孔子家語·觀周》而言應有更多的相似之處。這說明在《金人銘》傳誦過程所形成的幾個不同的版本中，《說苑·敬慎》、《孔子家語·觀周》所用版本較為接近，但《說苑·敬慎》所收錄的《金人銘》的版本，應早於《孔子家語·觀周》所採用的版本，其年代似可以追溯到《武王踐阼》之後，《孔子家語·觀周》之前的一個版本。近年來學者們逐漸意識到，劉向所編之《說苑》雖成書較晚，但就單篇而言其實有更早的來源。〔註59〕

---

〔註59〕何有祖指如上博六楚簡《平王與王子木》篇能與《說苑·辨物》所載楚王子建故事

　　因此《孔子家語‧觀周》或《說苑‧敬慎》可為《武王踐阼》箴銘部分提供一個可能的下限。但《說苑‧敬慎》篇的年代尚需進一步證明，而《孔子家語‧觀周》的成篇也頗複雜。鄭良樹認為《孔子家語‧觀周》所說《金人銘》是孔子在周廟裏發現的，《金人銘》的時代應該在《黃帝語》、《席銘》等之前，即春秋之季（鄭良樹《〈金人銘〉與〈老子〉》，《諸子著作年代考》，北京圖書館出版社 2001 年）。這一結論受到學者們頗多懷疑。朱淵清以為是戰國末秦初（朱淵清《〈金人銘〉研究——兼及〈孔子家語〉編定諸問題》），龐光華以為是戰國末秦初至漢初（龐光華《論〈金人銘〉的產生時代》，《孔子研究》2005 年第 2 期）。《孔子家語‧觀周》所記《金人銘》是否有如此晚，還可以再討論。不過作為《武王踐阼》成篇下限是戰國中期後段的一個支撐，倒不是太勉強。

　　何有祖認為〈武王踐阼〉的「四帝」到《太公金匱》以及《皇覽記‧陰謀》的「五帝」的轉變，有托古的痕跡。並作結論：〈武王踐阼〉的成書年代在春秋中葉之後，戰國中期後段之前：

　　另外，《大戴禮記‧武王踐阼》作黃帝、顓頊，楚簡本《武王踐阼》作「黃帝、顓頊、堯、舜」，而《太公金匱》以及《皇覽記‧陰謀》所謂的「五帝」，指黃帝、堯、舜、禹、湯。四帝向五帝的轉變，體現了時代背景的變化層疊，正如朱淵清先生所說《金人銘》文本系統出現和演化的時代確實是個好托古的時代，應該承認古史辨派這個基本分析的合理性。（朱淵清《〈金人銘〉研究——兼及〈孔子家語〉編定諸問題》）

　　綜合以上三部分的討論，我們認為《武王踐阼》是由一組箴銘整合而成，其目的在於勸誡世人，其成篇年代大致在春秋中葉之後，戰國中期後段之前。《武王踐阼》所收錄的《楹銘》曾先後被《說苑‧敬慎》、《孔子家語‧觀周》收入並各自有所改造。

　　秋貞案：

　　廖名春和何有祖的分歧點為：廖名春認為楚簡〈武王踐阼〉可能是西周武王的實錄，但何有祖認為《大戴禮記‧武王踐阼》是類似《金人銘》的托古之作。筆者認為：兩人所推論都有理，以在清儒時只見的《大戴禮記‧武王踐

　　互相印證，《說苑‧辯物》就單篇的年代來說，時代應更早。參看陳偉：《讀〈上博六〉條記》，簡帛網 2007 年 7 月 9 日；凡國棟：《〈上博六〉楚平王逸篇初讀》，簡帛網 2007 年 7 月 9 日。

阼》篇，而未見現在出土楚簡〈武王踐阼〉之前，孔廣森所能判斷為「汲郡古文出於依託，非可取驗」是可以理解的。但現在我們可見到楚簡本並無「武王踐阼」一句，更無王自稱的「予一人」的字句。是故，楚簡〈武王踐阼〉雖是戰國中後期出土的典籍，但其成書年代如廖名春所言為西周時武王的實錄，也未嘗不可，只是單從這幾句文句即要斷定實為證據不足。

何有祖企圖從〈金人銘〉的成書年代推測〈武王踐阼〉的成書年代會有困難。我們所知〈金人銘〉的版本不一，目前學者們對其成書年代的考證沒有定論，雖和今本的〈武王踐阼〉有相似的銘文，可能是在傳抄的過程中來源於同一個或不同的版本，這當中有很複雜的過程。何先生做此文時是在 2007 年，《上博七》於 2008 的年底才出圖版，所以在未見楚簡的真面目時，以今本的〈武王踐阼〉要考證其成書年代實不容易。

如今，有幸得見出土楚簡，筆者以此篇為研究的對象，對此篇的文字和內容作一番整理和考釋，有了第一節楚簡本和今本的比較，到這一節對版本的認識，我們在討論此篇的成書年代就有了較周延的考量基礎。

筆者認為要探討這個問題，一定要對今本和楚簡本的版本不同有所認知。張顯成在〈簡帛文獻學通論〉中說到日本漢學家太田辰夫有一段關於文獻材料的分類及其價值的精闢論述，這段論述見於他的很有影響的著作《中國語歷史文法》，書中把文獻分為「同時資料」和「後時資料」兩種，太田辰夫他說：

> 所謂「同時資料」，指的是某種資料的內容和它的外形的（即文字）是同一時期產生的。甲骨、金石、木簡等，還有作者的手稿是這一類。……所謂「後時資料」，基本上是指資料外形的產生比內容的產生晚的那些東西，即經過轉寫轉刊的資料。……中國的資料幾乎都是後時的資料，它們特別成為語言研究的障礙。根據常識來說，應該是以同時資料為基本資料，以後時資料為旁證，但沒有同時資料的時代就只有根據例子的多寡和其前後時代的狀況如何來推測，這樣還得不出明確的結論。〔註60〕

故張顯成認為我們在使用前人的文獻資料時應要有所認識：經過長期流傳、反

---

〔註60〕見中譯，本北京大學出版社，1987 年版，頁 381～383。

覆傳抄、多次「校勘」、多次刊刻的文獻難免有失真，我們要非常小心使用：

> 「中國的資料幾乎大都是後時資料，它們特別成為語言研究的障礙。」這裡是就漢語史的研究來說的，其實，這句話對於涉及古文獻的各學科來說，都是十分正確的，可謂一語中的，切中要害！中國是個文明古國，古文獻很多，特別是先秦兩漢文獻，絕大多數是經過兩千年來長期流傳、反覆傳抄、多次「校勘」、多次刊刻的文獻，誰能說在這一漫長的流傳過程中，沒有「失真」（distortion）！誰能相信前人在傳抄時未加進自己的東西！又有誰敢說人們在進行校勘時就沒有錯校的地方！……如此等等，都會使我們在使用這些材料時忐忑不安。〔註61〕

故張顯成也認為：「在進行有關研究時，應當注重使用二重證據法，即善於將出土文獻與傳世文獻二者結合起來進行研究，並高度重視出土文獻，這樣才有利於科學研究。」〔註62〕馮勝君在〈出土材料所見先秦古書的載體以及構成和傳布方式〉一文中說到有關出土簡帛的材料，要晚於文本的創作：

> 石鼓文所錄之詩的作成年代要早於刻寫年代，也就是說石鼓文是春秋中晚期之際的秦人將其先人所作的詩歌類文獻刻寫在石鼓上，就載體與內容之間的關係來看，石鼓文和後世的石經，如熹平石經、正始石經等有類似之處：石鼓文所體出來的刻時代與文本形成時代相脫離的特點，也正是古書類文獻的一個顯著特徵。例如目前出土的簡帛古書類材料，其「書於竹帛」的時代要晚於文本的創作時代。〔註63〕

陳偉在我們研讀楚簡時也要考量到它限制，如它們並不都是「當時之簡」，而包含大量的「後來之筆」：

> 在我們研讀的戰國、秦漢簡牘中，資料年代與其史料價值，原則上也須作這類分析，而不是象傅斯年先生所說都屬於「直接史料」。雖然都書寫於竹木之上，但套用劉知幾的說法，它們並不都是「當

〔註61〕張顯成：《簡帛文獻學通論》，中華書局，2006年3月北京第2次印刷，頁3～4。
〔註62〕張顯成：《簡帛文獻學通論》，中華書局，2006年3月北京第2次印刷，頁7。
〔註63〕馮勝君：〈出土材料所見先秦古書的載體以及構成和傳布方式〉，http://www.gwz.fudan.edu.cn/SrcShow.asp?Src_ID=1236，2010.08.18。

時之簡」，而包含大量的「後來之筆」。這些存在年代梯次的資料，一般說來，其史料價值或者說可靠程度當然不盡相同。〔註64〕

《上博七‧武王踐阼》雖是戰國中晚期出土的文獻，但是從內容述說武王詢問師尚父的治國之道的事情，可見是當時流傳文獻的抄寫，傳抄的資料已非第一手的史料，林澐曾說：「除非我們發現一本西周或商代的《帝系姓》或《五帝德》，我們才能說古史辨派說它的內容形成於戰國是錯了。……即使我們將來真的發現了戰國時的《帝系姓》或《五帝德》，那也只是戰國時人對黃帝以來世系的看法。對不對還是要審查的。」〔註65〕故在戰國時的楚人，將西周時的公案加以傳抄，一定也有當時人所見的限制在裡面，在沒有相當的證據前不宜直接認為是西周時的實錄。至於是否為托古而作，反而可能性比較大。

## 三、楚簡本〈武王踐阼〉的價值

關於這個問題，李銳在〈《武王踐阼》研讀〉一文中曾討論到，其認為觀其文脈，傳本比簡本順暢。但是要判定其早晚以及優劣，則還需要更多的證據：

本篇簡文中，太公望兩述丹書之言，間夾武王數銘；而傳本則僅一述丹書之言，但有太公望「且臣聞之」一段，後接武王數銘。簡書不知是否有佚，脫落數銘（亦可能是傳本流傳過程中合併了更多同類事項）。二者實際上乃傳本之異。觀其文脈，似傳本更順暢。因為簡本前一段已言及「其運百世」，而後面武王在置銘後複問「百世不失之道」，雖太公望答以「敬者萬世」，武王之問似已不合適……。

簡本所分說之「怠勝義則亡，義勝怠則長。義勝欲則從，欲勝義則凶」與「志勝欲則利，欲勝志則亡。志勝欲則從，欲勝志則凶」，後者皆為志、欲之辨，且「志勝欲」或利或從，「欲勝志」或亡或凶，意思相近；而前者之義、欲之辨，與後者之志、欲之辨相近。簡本分兩處討論了怠、義、欲、志之關係，傳本雲「敬勝怠者強，怠勝敬者亡。義勝欲者從，欲勝義者凶」，在一處較為簡潔地討論

〔註64〕陳偉：〈試說簡牘文獻的年代梯次〉，http://www.bsm.org.cn/show_article.php?id=1285#_ednref20，2010.08.20。

〔註65〕林澐：《真該走出疑古時代嗎？——對當前中國古典學取向的看法》，《史學集刊》2007年第3期。

了敬、怠、義、欲之關係，二者所論只有敬與志之微別。所以從文脈來講，傳本《武王踐祚》並不比簡本差。但是二者之優劣以及早晚，則尚不好判斷，因為二者可能同源。鄙意對於「重文」，我們可以從事校勘等工作，但是要判定其早晚以及優劣，則還需要更多的證據。

　　補記：復旦大學出土文獻與古文字研究中心研究生讀書會指出：「與這段類似的文字還見於《六韜》：『故義勝欲則昌，欲勝義則亡；敬勝怠則吉，怠勝敬則滅。』是太公回答文王的話。」這正表明古書可能同源而異流。《六韜》此語與傳本更接近，所以傳本未必比簡本差。〔註66〕

　　楊華在〈上博簡《武王踐祚》集釋（下）〉一文中對楚簡本和今本的版本問題做一番分析。他認為後人因校書而錯誤增刪，導致後人對版本校勘的困難，所以如今已很難判斷楚簡本和今本的早晚和優劣：

　　通過比較，有學者（如郝士宏）認為，鄭注本可能與竹簡本更接近一些。我們認為，今天所見傳世本其實已非唐人所見傳世本，其中不乏後人據鄭注而修改之處。正如方向東所云：「今《大戴禮》與鄭氏所引悉同，蓋後人因鄭注增之，非孔所見也。」（《大戴禮記匯校集解》頁624）所以很難認定鄭注本距簡本近，還是傳世本距簡本更近。如在校書時根據唐宋類書所引，而增刪先秦古籍字句，則正如清人凌廷勘所謂「是猶捨當官案牘，而求情實於風聞也。」正由於此，判定竹簡本和目前流行本二者孰優孰劣，還為時過早（《大戴禮記解詁》跋，校禮堂文集，北京：中華書局，1998年，頁272～273）。〔註67〕

**秋貞案：**

　　筆者在面對〈武王踐祚〉的版本問題也注意到這點，筆者認同鄭注本和孔疏本的版本因為所見有限，故難以分清孰早孰晚，只能就所見陳述粗略的比較。但是若以楚簡本和今本比較，在本章第一節已做過討論，如武王作銘的數量由少變多、武王作銘的器物以簡本較古等，就很容易看出，楚簡本早於

〔註66〕李銳：〈《武王踐祚》研讀〉，http://www.confucius2000.com/admin/list.asp?id=3861，2008.12.31。
〔註67〕楊華先生在〈上博簡《武王踐祚》集釋（下）〉，井岡山大學學報，2010年3月。

今本而且優於今本的事實。

李銳所言「古書可能同源而異流」是頗有道理。至於李銳認為今本不比簡本差，這是因為李銳將楚簡本甲乙本合在一起和今本比較，當然就文脈上看，今本比簡本的結構整齊而循序連貫。但是把簡本分為甲、乙兩個版本來看，甲本的文句較今本簡潔，唯第 10 簡後缺，故無法再比較；乙本缺武王作銘的內容，但和甲本的不同之處，可和甲本互補。筆者認為楚簡本誠如原考釋者陳佩芬所言，該簡是目前發現最早的〈武王踐阼〉本，可以為今本補充和糾正一些資料，這才是它不可取代的價值：

> 本篇簡文首尾完整，自第一簡至第十簡、第十一簡至第十五簡，
> 簡文均可連讀，唯第十簡與第十一簡之間有缺失。儘管竹書本中間部
> 分有缺失，但它卻是迄今為止所發現的最早的《武王踐阼》本，它的
> 出現為研究古代文獻提供了實物依據，為《武王踐阼》篇補充了一些
> 新的資料，同時又可糾正今本的一些舛誤，因此彌足珍貴。〔註68〕

劉洪濤亦認為「簡本是出土文獻，不僅時代早，而且訛誤少，對校正傳本的訛誤和判斷諸家的得失具有十分重要的作用。」〔註69〕

筆者在研究考釋楚簡本的過程中也發現很多和今本不同的地方。因為已往在未見楚簡時，即使遇到懷疑之處也無法得到合理的解答。如王應麟《集解》記朱氏所言：「此本《大戴禮》，然多闕衍舛誤，姑存其舊。」如今楚簡的出土，在很多學者的努力下，得以讓我們看到早期版本的樣貌。在前一節中筆者對楚簡本和今本之間的差異已做了比較，故不再重覆，在此筆者舉出本簡較為重要的價值為補充和糾正的今本功能。

在第二章「簡文考釋」的第三節「武王鑄銘器以自戒」中作了一些器物和銘文的考釋可見：楚簡本武王所鑄的器物和今本的名稱物件不同，如「機」而非「机」或「几」，是為弩機之類的物件；「桯」為床前几而非「楹」柱之類；「枳」非「枝」、「杖」；「卣」非「戶」、「牖」。「枳」和「卣」這些器物應為商周時流行的青銅器。這些器物只因後人不見或器物形貌改變而不識，也

---

〔註68〕馬承源主編《上海博物館藏戰國楚竹書（七）》，上海：上海古籍出版社，2008 年 12 月，頁 150。

〔註69〕劉洪濤：〈用簡本校讀傳本《武王踐阼》〉，http://www.bsm.org.cn/show_article.php?id= 997，2009.03.03。

可能是因為古今文異，假借相成，依聲托類，而造成訛誤。

清儒王聘珍在《大戴禮記解詁》敍錄中說到《大戴禮記》自古未立學官，其注又多舛誤，後人校讎不得其法，幾經改易，不當增刪，至今所見已不似古壁時之面目，實經真義遂亡：

> 夫以大戴之書，同是聖賢緒餘，自古未立學官，兩漢經師不為傳注，陸德明不為音義，迄無定本。後周盧辯雖為之注，然而隋唐宋志並不著錄，則其書傳者蓋寡，是以闕佚過半，其存者亦譌變不能卒讀。自時厥後，未有專家。近代以來，人事校讎，往往不知家法。王肅本點竄此經，私定《孔子家語》，反據肅本改易經文，是猶聽信盜賊，研審事主，有是理乎？又或據唐宋類書，如《藝文類聚》、《太平御覽》之流，增刪字句，或云據《永樂大典》改某字作某，是猶折獄者舍當官案牘，兩造辭證，而求情實於風聞道路，得其平乎？是非無正，人用其私，甚者且云「某字據某本作某」，豈知某本云者，皆近代坊賈所為，其人並無依據，是直向聾者而審音，與盲人而辨色。凡茲數端，大率以今義繩古義，以今音證古音，以今文易古文，遂使孔壁古奧之經，變而文從字順，洵有以悅俗學者之目，然而經文變矣，經義當由茲而亡，可不懼哉！〔註70〕

如今古代出土材料不斷出現，可以讓我們從中抽絲剝繭，找到比較可靠合理的解釋疏通其義。總之，從筆者的考釋的成果中，可見楚簡本〈武王踐阼〉的版本早於今本，優於今本，並能補充和糾正今本的謬誤，從中筆者更肯定出土文獻的價值，期待本論文的研究成果對以後相關的研究都有所助益。

## 第三節　〈武王踐阼〉簡本書手探究

原考釋者將楚簡本〈武王踐阼〉的十五支簡視為一篇首尾完整的文章，唯第十簡與第十一簡之間有缺失：

> 本篇簡文首尾完整，自第一簡至第十簡、第十一簡至第十五簡，
> 簡文均可連讀，唯第十簡與第十一簡之間有缺失。〔註71〕

---

〔註70〕清・王聘珍著、王文錦點校：《大戴禮記解詁》，北京：中華書局，1992 年 1 月。
〔註71〕馬承源主編《上海博物館藏戰國楚竹書（七）》，上海：上海古籍出版社，2008 年 12 月，第 150 頁。

復旦讀書會也認為第一簡到第十簡為一部分，第十一簡到第 15 簡為另一部分，但對於這兩部分抄寫風格不同，而認為應是不同書手所抄，因此也可以視為甲乙本：

> 《上博七・武王踐阼》一篇，整理者已經指出其內容又見於今本《大戴禮記・武王踐阼》。簡文可分為兩部分，第 1 簡到第 10 簡為一部分，講師尚父以丹書之言告武王，武王因而作銘；這部分下有脫簡，并非全篇，其原貌當與今本《大戴禮記・武王踐阼》全篇近似。第 11 簡到第 15 簡為另一部分，講太公望以丹書之言告武王，與《大戴禮記・武王踐阼》前半段亦相近似，唯主名不同，也沒有武王作銘的記載。簡文這兩部分的抄寫風格不同，應為不同書手所抄，因此也可以視為甲乙本。〔註72〕

劉洪濤則認為本簡有兩位書手，其看法和復旦讀書會不同：

> 《武王踐阼》1 號簡至 12 號簡「之道」以上為一人書寫，12 號簡「君齋」以下為另一人書寫，有兩個書手。〔註73〕

劉秋瑞同意復旦讀書會的說法，而且進一步認為這是兩種版本，並對比這兩版本：

> 我們在此基礎上對《武王踐阼》是兩個版本略加探討。首先，從用字情況來看。

| | 甲　本 | | 乙　本 | |
|---|---|---|---|---|
| 欲 | (圖)<br>4 | (圖)<br>9 | (圖)<br>13 | (圖)<br>14 |
| 喪 | (圖)<br>1 | (圖)<br>4 | (圖)<br>14 | |
| 兒 | (圖)<br>4 | | (圖)<br>14 | |

---

〔註72〕劉嬌執筆〈《上博七・武王踐阼》校讀〉，復旦大學出土文獻與古文字研究中心研究生讀書會，復旦首發 http://www.gwz.fudan.edu.cn/SrcShow.asp?Src_ID=576，2008.12.30。

〔註73〕劉洪濤：〈《民之父母》、《武王踐阼》合編一卷說〉，http://www.gwz.fudan.edu.cn/SrcShow.asp?Src_ID=614，2009.01.05。

| 而 | | | | | | |
|---|---|---|---|---|---|---|
| | 2 | 3 | 7 | 10 | 13 | 15 |
| 不 | | | | | | |
| | 1 | 3 | 7 | | 12 | 14 | 15 |

　　上表顯示了甲乙兩本在用字方面的差異：欲，甲本用「谷」，
【王女（如）穀（欲）雚（觀）之】；乙本用「欲」，【欲勮（勝）
志則喪】。喪，甲本用從亡從叩的字，乙本用從桑省，從亡的字。
兇，甲本此字比乙本多一橫，有學者疑甲本此字或從心。〔註74〕而，
楚簡中多作 （郭店・緇衣17），乙本寫法與之同，下部作斜直畫，
而甲本諸字下部都彎曲而下。不，楚簡中比較普遍的寫法作：
（郭店・性自命出）或作 （郭店・六德）。甲本寫法比較獨特，
類似與楚簡中「辛」，如： （包山21） （《九店楚簡》M56.40）。

　　至於乙本第1簡（即11簡）「不」作 ，「而」作 的寫法與
甲本相同，我們認為可能是乙本抄手開始抄寫時受甲本的影響，
後來就恢復到原有風格。〔註75〕

　　李松儒在〈上博七《武王踐阼》的抄寫特徵及文本構成〉一文中〔註76〕認為
簡本有三種字跡：

　　　　不過經過仔細觀察《武王踐阼》，發現復旦讀書會及劉先生對字
　　　　跡的歸類還是有問題的。如果單從字跡特徵考慮，我們認為《武王
　　　　踐阼》可以分為三種字跡：

　　　　（1）《武王踐阼》簡1～9、簡10（16～25字）、簡11、簡12（1
　　　　～19字）是一種字跡，我們稱之為字跡A，此處定為抄手甲所抄；

　　　　（2）《武王踐阼》簡12（20字～簡末）、簡13～15是另一種字
　　　　跡，我們稱之為字跡B，此處定為抄手乙所抄（參圖一）；

　　　　（3）簡10的最末的3個字「知之毋」為第三種字跡，我們稱

---

〔註74〕何有祖：《武王踐阼》小箚，武漢大學簡帛研究中心網站，2009.01.04。

〔註75〕劉秋瑞：〈再論〈武王踐阼〉是兩個版本〉，http://www.gwz.fudan.edu.cn/SrcShow.
　　　　asp?Src_ID=639，2009.01.08。

〔註76〕李松儒在〈上博七《武王踐阼》的抄寫特徵及文本構成〉，http://www.gwz.fudan.
　　　　edu.cn/SrcShow.asp?Src_ID=789，2009.05.18。

之為字跡C（參圖二）。

圖一　簡12的字跡分類　　　　圖二　簡10的字跡分類

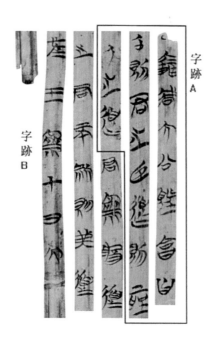
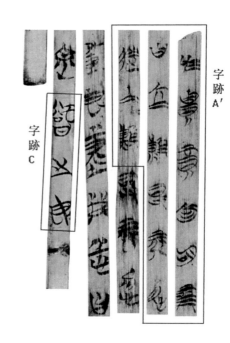

　　從上面的敘述可以看出，我們和復旦讀書會、劉秋瑞先生的不同之處，是把簡11、簡12（1～19字）這部分字跡歸到了抄手甲所抄的字跡A中。

　　下面先列舉一下簡11至簡12（1～19字）的字跡，並與抄手甲所抄的簡1至簡9及抄手乙所抄的簡12（20字～簡末）至簡15的字跡作對比，以證實我們對字跡A、字跡B的歸類：

表一

| | 武 | 之 | 道 | 則 | 而 | 大 | 不 |
|---|---|---|---|---|---|---|---|
| 簡1～9<br>字跡A | 2 | 5 | 1 | 4 | 2 | 9 | 7 |
| 簡11～12（1～19字） | 11 | 12 | 12 | 12 | 11 | 12 | 11 |
| 簡12（20～簡末）～15<br>字跡B | 12 | 12 | 12 | 14 | 13 | 20 | 14 |

　　從表中可以看出，簡 11 至簡 12（1～19 字）的字跡特徵與抄手甲所抄的字跡 A（簡 1～9）的字跡特徵完全一樣，而與抄手乙所抄字跡 B（簡 12 第 20 字起至簡 15）的字跡特徵全然不同，故簡 11 至簡 12（1～19 字）無疑亦為抄手甲所抄。〔註77〕

　　簡 10 的字跡要比《武王踐阼》其他簡更為複雜，這也許是復旦讀書會把簡 11、簡 12 誤入另一抄手的原因。為方便說明，這裡我們將簡 10 中 1～15 字稱為字跡 A′，並列表如下：

**表二**

| | 而 | 「又」符 | 曰 | 「止」符 | 明 | 於 | 惕 |
|---|---|---|---|---|---|---|---|
| 簡 1～9 字跡 A | （字形）2 | （字形）5 | （字形）9 | （字形）9 | （字形） | （字形）5 | —— |
| 簡 10 第 16～25 字 字跡 A | （字形） | （字形） | （字形） | —— | | | （字形） |
| 簡 10 第 1～15 字 字跡 A′ | （字形） | （字形） | （字形） | （字形） | （字形） | （字形） | （字形） |
| 簡 12（第 20 字起）至 15 簡 字跡 B | （字形）15 | （字形）15 | （字形）13 | （字形）15 | —— | —— | |

　　從表二看，字跡 A 與字跡 A′是有一定差異的，它們的線條存在粗細之分，但從總體特徵來看，字跡 A 與字跡 A′的書寫方式還是具有同一性，這兩種字跡應為同一抄手所書。它們之所以出現差異，我們猜測，是因為同一抄手（即抄手甲）使用不同筆具，其書寫力度有所不同而造成的。另外，字跡 A′中（字形）、（字形）等字出現了不同於字跡 A 的翹筆現象（圖中加圈的地方），這也是由於抄手在抄寫字

<hr>

〔註77〕李松儒指出：劉秋瑞先生已注意到了簡 11 和我們分出的「簡 12（從第 20 字起）至簡 15」這部分字跡的不一致性，但他說：「至於乙本第 1 簡（即 11 簡）『不』作（字形），『而』作（字形）的寫法與甲本相同，我們認為可能是乙本抄手開始抄寫時受甲本的影響，後來就恢復到原有風格。」這肯定是不符合實際的，並且，他也沒有意識到簡 12 中存在兩種字跡的情況。

跡 A′時所使用的毛筆較細（或筆豪較硬）而出現的用筆差異。〔註78〕

此外，簡 10 最末的三個字「知之毋」（字跡 C）又與我們已敍述的簡 10 中的兩種字跡特徵均不相同。如下表：

表三

| | 毋 | 之 | 智 |
|---|---|---|---|
| 簡 1～9、簡 11～簡 12（1～19 字）字跡 A |  <br>6 |  <br>5 |  <br>1 |
| 簡 12 第 20 字～簡 15 字跡 B | —— |  <br>15 | —— |
| 簡 10 第 26～28 字 字跡 C |  |  |  |

字跡 C 的出現是怎樣的原因呢？我們觀察原簡，發現簡 10 的後半部文字十分漶漫，唯有「知之毋」這三個字字跡乾淨整潔，且其上有刮削之痕（參圖三）。由此我們推測，字跡 C 所產生的原因應該是某個不同於抄手甲的抄手對簡 10 原有的三個字刮削後，重新抄寫而造成的。也就是說，《武王踐阼》這篇文獻是存在校改的。但是由「之」字看，字跡 C 和抄手乙所抄的字跡 B 有一定的相似性，那麼，字跡 C 也有可能是抄手乙所校改，不過由於字例太少，我們現在還難以證實這個猜測。

圖三

〔註78〕李松儒指出：如果仔細觀察，我們還可以發現簡 1～3 的字跡與簡 4～9 的字跡也有一定差異，但簡 1～3 的字跡和簡 4～9 的字跡具有的同一性更為明顯，所以這裏我們沒有把簡 1～3 的字跡單獨列出，而把簡 1～9 統稱為字跡 A（抄手甲所抄）。我們猜測，簡 1～3 出現字跡差異的原因，或許也是由於書寫工具的不同而造成的。另外，簡 1「得」後補加的「而」和字跡 A 中的其他「而」字形不同，不過，這是由於空間限制造成的，所以我們不能據此判定它為另一抄手所書。

李松儒也對甲、乙兩抄手抄寫〈武王踐阼〉時的場景進行復原：

抄手甲先抄寫了《武王踐阼》的 I 部分〔註79〕，他在抄寫前或抄寫後得知當時流傳的《武王踐阼》還存在不同於自己抄寫《武王踐阼》（I 部分）的別本。這個別本，既有可能是首尾完具的、內容等同於 II 部分〔註80〕的那一段文字；也有可能是類似於 I 部分的更長的一大篇文字，但篇首與 I 部分存在異文。於是抄手甲又把別本《武王踐阼》的異文（也就是 II 部分）再抄了一遍，以起到存異的作用。不過抄手甲由於某種原因沒有把抄寫別本《武王踐阼》異文的工作做完，他只抄寫了 II 部分的簡 11 及簡 12 的前半部分。剩下的抄寫工作（也就是 II 部分除「簡 11 及簡 12 的前半部分」之外的其餘部分）由抄手乙接替完成。當抄手乙抄完 II 部分後，人們再把 I 部分和 II 部分合編在一起。

**秋貞案：**

劉洪濤、劉秋瑞和李松儒對簡本的分析都很清楚精到，相互發明。筆者認為以內容而言，可分甲、乙兩部分：甲本簡 1 到簡 10、乙本簡 11 到簡 15。可是從書手所寫的字形和字跡而言，簡 1 到簡 12 的第 19 個字以前是一個書手（A），簡 12 的第 20 字以後到簡末，是另一位書手（B）。意即甲本是同一書手從頭抄至尾，但是乙本有兩位書手的筆跡。為何會有此現象，原因不明。可是以這種現象來看，〈武王踐阼〉本的簡序是沒有問題的。有學者把簡 1 到簡 10 認為是一章，簡 11 到簡 15 是另一章，故以為這二章是分開抄的，而且認為可以互換。〔註81〕如今，應該是甲本抄完後接著抄乙本的內容，但不知是什麼原因，抄到簡 12 的第 19 個字之後，A 書手不能繼續抄寫，才改由 B 書手接替將之抄寫完畢，以致形成今日所見的面貌。

另外李松儒又提到簡 10「字跡 C」的三個字是 B 書手所寫。筆者認為此說

---

〔註79〕簡 1～簡 10。

〔註80〕簡 11～簡 15。

〔註81〕網友 lht 說：「有學者已經指出，第一章簡 10 下所缺內容大概不會很多，也就是簡文到戶銘為止。那麼簡 10 的下一簡很可能是沒有抄滿簡的，也就是第一章和第二章是分別抄寫的。因此，從形制考慮把它們劃分為兩章，也是行得通的。我前面說我更願把第二章算作第一章是基於它們分抄可前可後的。當然，如果沒有分抄，我的想法就是徹徹底底地錯了。」

有待商榷。就第一字「」字所從的「」和 B 書手的「」字所從的「」旁明顯不同，而且和簡 1「」字的筆也不盡相同；第二字「」字的筆法也和 A 書手來說確實不同，但是否為 B 書手所寫，雖筆畫相同，但筆法不同，故也不能斷定。以下筆者列出本簡所有的「之」字以茲比較：

## （一）A 書手

| | | | | | |
|---|---|---|---|---|---|
| | | | | | |
| （1.16） | （2.08） | （3.04） | （3.31） | （4.23） | （4.27） |
| | | | | | |
| （5.05） | （5.09） | （5.18） | （5.23） | （5.30） | （6.04） |
| | | | | | |
| （6.25） | （7.22） | （10.27） | （11.21） | （11.24） | （12.12） |
| | | | | | |
| （12.18） | | | | | |

## （二）B 書手

| | | | | | |
|---|---|---|---|---|---|
| | | | | | |
| （12.24） | （13.25） | （13.28） | （15.20） | （15.25） | （15.28） |

以上表列的「之」字大致分為兩型：「」和「」型。右上的一筆（紅圈處）可以往上挑，也可以往下啄。但是簡 10 的「之」字（上表粗框處）明顯和以上不類。

第三字「」（毌）字和簡 6 的「」（毌）字筆法也明顯不同。

是故，以李松儒所疑正確，字跡 C 的三個字確實令人懷疑並非 A 書手所寫，而且這三個字比同簡的其他字清楚。筆者觀察其他楚簡的筆跡，認為和《上博二‧昔者君老》的書手筆跡相類。試比較如下表。

| 筆跡 C | 《上博二‧昔者君老》 |
|---|---|
| | 無 |

| | | | | | |
|---|---|---|---|---|---|
| | （1.27） | （2.15） | （2.23） | （4.31） | |
| （1.12） | | | | | |
| （1.13） | （1.28） | | | | |

　　《上博二·昔者君老》無「知」字，而且筆者遍查楚字典未見寫作「」形旁。故寫法很特殊。以筆法言，《上博二·昔者君老》的「之」字筆畫和角度，尤其右上的一撇和字跡C的「之」字相仿；字跡C的「毋」字，因限於竹簡的寬度，所以寫得較《上博二·昔者君老》的「毋」字為瘦，可是以筆法看，尤其以左下的勾筆為其特徵，這兩字也是相仿的。或許我們也可以看到《上博二·從政（甲）》簡19「」（毋）、《上博二·從政（乙）》簡2「」（毋）和字跡C的「毋」字筆法很類似，但是比較同簡的「之」字和字跡C的「之」字不類，因為這三個字應是同一人書寫的可能較大，所以以《上博二·昔者君老》的相似度最高。不過因為未見「知」字，故還是不能完全斷定即和《上博二·昔者君老》是同一書手，只是提供一種可能性的參考，期待更多出土的材料證明。

　　另外，筆者認為簡1到簡10雖是A書手的筆跡，但這當中也有不同。從簡1到簡3，A書手的筆畫較圓，而且一筆的粗細較平均，但從簡3的最後一字「忘」開始，明顯筆畫變尖，似乎以楷書的筆法，有頓有提，造成筆畫的粗細落差較大，這種情形，有兩種可能：一是書寫工具的不同，如李松儒所言「翹筆現象」，可能是「所使用的毛筆較細（或筆豪較硬）而出現的用筆差異。」〔註82〕二是可能書手在不同的時候所寫，因為書寫的工具或時間不同而手感有差，以致寫出的筆畫粗細不一樣。

　　本簡書手有些字形寫法殊，以上表可見A書手的「之」字寫法頗有個人的特色。目前所看楚簡中只有《上博二·民之父母》的「之」字和此同。〔註83〕故劉洪濤也認為本簡的書手A和〈民之父母〉是同一人。「《民之父母》只有一個書手，即書寫《武王踐阼》簡的前一個書手。」劉先生之說可從。我們還可比對本

---

〔註82〕 李松儒先生在〈上博七《武王踐阼》的抄寫特徵及文本構成〉，http://www.gwz.fudan. edu.cn/SrcShow.asp?Src_ID=789，2009.05.18。

〔註83〕 參考滕任生：《楚系簡帛文字編》，武漢：湖北教育出版社，2008年10月第一次印刷。「之」字條，頁564～582。也可參考馬承源主編《上博二·民之父母》的圖版。

楚簡的「不」字寫作「」（1.08）；「而」字作「」（7.06），和《上博二‧民之父母》的「不」、「而」字的寫法一致。〔註84〕劉洪濤認為從形制、書體、保存狀態三個方面看〈武王踐阼〉和〈民之父母〉當初應是合編為一卷的：

　　從 2001 年 12 月起開始陸續公佈的上海博物館藏戰國竹簡，到目前為止已經出版了七冊。其中第二冊和第七冊著錄的兩篇竹書《民之父母》與《武王踐阼》，分別見於今傳《禮記‧孔子閒居》和《大戴禮記‧武王踐阼》，自然引起學者更多的關注。我在研讀這兩篇竹書時發現，它們的形制、書體以及保存狀態基本一致，原來可能是合編為一卷的。這個看法是否正確，還要靠有關資料尤其是竹簡的清理記錄來證實。

　　首先說形制上的一致。①竹簡的長度。《民之父母》5 號簡為整簡，長 45.8 釐米。《武王踐阼》沒有整簡，4 號簡最長 43.7 釐米，殘去上契口以上的天頭。《民之父母》簡天頭長約 2.2 釐米，地腳長約 2.5 釐米。《武王踐阼》簡地腳長 2.5 至 2.7 釐米，與《民之父母》簡略同，那麼二者天頭長度也應相近。加上天頭的《武王踐阼》整簡應與《民之父母》簡長度相同。②契口、編線的數量和位置。《民之父母》簡三道編線，第一編線與第二編線間距約 20.6 釐米，第二編線與第三編間距約 20.9 釐米。《武王踐阼》簡也是三道編線。中契口與下契口間距 20.4 至 21.3 釐米，同《民之父母》簡 20.9 釐米接近。中契口至頂端 18.1 至 20.3 釐米，比《民之父母》簡略短。這是因為《武王踐阼》簡有的殘去約兩個字的長度，沒能上量到上契口的原故。《武王踐阼》簡頂端到中契口的最大長度 20.3 釐米，跟《民之父母》簡還是接近的。這說明，《民之父母》簡跟《武王踐阼》簡不但長度相同，契口、編線的數量和位置也是相同的。

　　其次說書體上的一致。《武王踐阼》1 號簡至 12 號簡「之道」以上為一人書寫，12 號簡「君齋」以下為另一人書寫，有兩個書手。《民之父母》只有一個書手，即書寫《武王踐阼》簡的前一個書手。

---

〔註84〕參看〈民之父母〉的圖版，馬承源主編《上海博物館藏戰國楚竹書（二）》，上海：上海古籍出版社，2002 年 12 月。

從上海博物館藏戰國竹書已經發表的資料來看，這個書手再沒有書寫其他竹書。《武王踐阼》的另一個書手也一樣。也就是說，《民之父母》和《武王踐阼》可能由專人書寫，成一獨立系統。

最後說保存狀態的一致。《民之父母》簡「從出土、流傳到實驗室剝離前，一直被保存在原始出土的泥方中，儘管泥方上部及外周在流散過程中有損，造成簡首略有殘損，以及有二枝簡殘去半段」，但「內容基本完整，現狀良好」。《武王踐阼》簡也是內容基本完整，現狀良好，僅「各簡自上契口以上皆殘」，跟《民之父母》簡「簡首略有殘損」同。《民之父母》簡最多只殘去一個字，《武王踐阼》簡可能有兩支簡都殘去兩個字，殘損程度略重一點，不過差別也不大。我認為，這兩篇竹書在出土時應該是保存在同一塊原始的泥方之中，在流散過程中它們承受相同的壓力和打擊，所以保存情況相同，受損情況也相同。再考慮到形制和書體上的一致，它們原來很可能是編聯成一卷的。〔註85〕

筆者認為劉洪濤的推測也有道理。在它們都是有關「禮」及「儒家學說」的共同點之外，筆者另提出幾點不同之處供大家研究參考：

甲、基本上這兩篇竹書有一共同書手所寫，但是〈武王踐阼〉篇的抄寫者並非同是一人，較〈民之父母〉篇為複雜。〔註86〕

乙、〈武王踐阼〉甲乙篇雖記武王問丹書之言一事，但有重覆也有互補也有不同之處，全篇主旨較複雜；〈民之父母〉記子夏向孔了請教五個問題，內容都環扣著「民之父母」，而且層層遞進，主旨明確。

丙、〈武王踐阼〉有關禮的部分在武王接受丹書的方位，即「禮」的形制，而且甲乙本所寫不同，似乎可提供給後人參考依循；〈民之父母〉從一問一答中，著重在「禮」的義理的闡發。

〔註85〕劉洪濤：〈《民之父母》、《武王踐阼》合編一卷說〉，http://www.gwz.fudan.edu.cn/SrcShow.asp?Src_ID=614，2009.01.05。

〔註86〕李松儒先生在〈上博七《武王踐阼》的抄寫特徵及文本構成〉一文中發表意見如下：「若依劉先生所言，那麼《武王踐阼》合編的情況就更為複雜了，即人們先是把由抄手甲抄寫的《武王踐阼》的Ⅰ部分與甲、乙兩抄手共同抄寫的《武王踐阼》Ⅱ部分合編在一起，然後再把同為抄手甲抄寫的、竹簡形制也相同的上博二《民之父母》及其他二種未發表的上博竹書合編在一起。不過這四篇是否能真正合編，還需上博簡全部發表之後才能下結論。」其說法值得參考。

再者因為出土的現況沒有記錄，所以只憑竹簡外在的三個條件要斷定是為一卷，似乎有困難，期望更多出土的報告能給較多的資訊再來判斷。

## 第四節　〈武王踐阼〉簡本韻讀探究

楚簡本〈武王踐阼〉在丹書及武王作銘的部分有很特整齊的韻文形式值得我們探討。本節筆者以本論文考釋的結論為底本，試圖梳理〈武王踐阼〉篇中的韻文部分，並參考陳志向在〈《上博（七）‧武王踐阼》韻讀〉〔註87〕一文的相關分析和說明。上古音參照郭錫良《漢字古音手冊》，並以陳新雄古音三十二部之旁轉或對轉系統檢覈入韻。〔註88〕為求通順易讀，韻腳下畫線，在行文上因不涉及文字考釋，以寬式隸定。

## 一、丹　書

### （一）甲　本

忞勝敬則<u>喪</u>，敬勝忞則<u>長</u>。義勝欲則<u>從</u>，欲勝義則<u>兇</u>。

押韻字：喪（心紐陽部）、長（定紐陽部），押陽部韻。

從（從紐東部）、兇（曉紐東部），押東部韻。

### （二）乙　本

志勝欲則<u>昌</u>，欲勝志則<u>喪</u>，志勝欲則<u>從</u>，欲勝志則<u>兇</u>。敬勝忞則<u>吉</u>，忞勝敬則<u>滅</u>。

押韻字：昌（昌紐陽部）、喪（心紐陽部），押陽部韻。

從（從紐東部）、兇（曉紐東部），押東部韻。

吉（見紐質部）、滅（明紐月部），「吉」、「滅」古有押韻之例。〔註89〕

〔註87〕陳志向：〈《上博（七）‧武王踐阼》韻讀〉，http://www.gwz.fudan.edu.cn/SrcShow.asp? Src_ID=638，2009.01.08。

〔註88〕郭錫良：《漢字古音手冊》，北京大學出版，1985年6月。

〔註89〕陳志向：〈《上博（七）‧武王踐阼》韻讀〉：「吉」「滅」舊或以為不韻，然古書有質、月二部相押之例，此處應當有韻。如《詩‧小雅‧正月》「心之憂矣，如或結之。今茲之正，胡然厲矣？燎之方揚，寧或滅之。赫赫宗周，褒姒威之」，即以從「吉」聲之「結」與月部「滅」等字相押；蔡偉老師指出《呂氏春秋‧慎勢》「故以大畜小吉，以小畜大滅，以重使輕從，以輕使重凶」、馬王堆帛書《經法‧名理》「以剛為柔者桔（活），以柔為剛者伐。重柔者吉，重剛者滅」，亦並當以「吉」「滅」為韻。

陳志向認為依和「喪」字諧韻來看，應為「昌」，沈培之說可從：

　　　![圖]，原字殘，整理者作「利」，不確，當依沈培先生的意見作

「昌」，與下「喪」字押韻。〔註90〕

## 二、銘　文

（一）席銘：「安樂必<u>戒</u>。」「毋行可<u>悔</u>。」「民之反<u>側</u>，亦不可<u>志</u>？」
　　　「⊡諫不遠，視爾所<u>代</u>。」

押韻字：戒（見紐職部）、悔（曉紐之部）；

　　　　側（莊紐職部）、志（章紐之部）；

　　　　代（定紐職部）。

陳志向認為[圖]字，依今本讀為「側」押之職部韻：

　　　學者隸定不同，如蘇建洲先生隸為「㐭」、程燕先生隸作「宖」，
劉信芳先生釋為「戻」，但多依今本讀為「側」。此處押職部韻，並
無異議。席四端之銘為一個韻段，押之職部韻。〔註91〕

陳志向認為今本的「安樂必敬」的「敬」和「亦不可以忘」的「忘」字不入
韻，簡本的「戒」和「志」可入韻，推測其可能是不同版本所致：

　　　「忘」，讀書會的意見是同意王念孫的說法，把「忘」字看作
「志」的誤字，以為「簡文『志』字恰可為此說之證」，並據補「不」
字。從簡文文意來說，補「不」字是極為正確的，但我們認為「忘」
字未必是誤字。這需要聯繫今本「安樂必敬」的「敬」字來考慮。
簡本押韻的「戒」「志」二字，今本作不入韻的「敬」「忘」。舊注
或以為「敬」乃《說文》訓「自救棘也」的「苟」字之誤，二字雖
意可通而「敬」字失韻，或據異本徑作「戒」字（可參方向東先生
《大戴禮記匯校集釋》第 630 頁，中華書局，2008 版）。從簡本看，

---

〔註90〕參：沈培《〈上博七〉殘字辨識兩則》，復旦大學出土文獻與古文字研究中心網站
　　　　2008 年 12 月 31 日首發（http://www.guwenzi.com/SrcShow.asp?Src_ID=598）。

〔註91〕參：蘇建洲《〈上博七・武王踐阼〉簡 6「㐭」字說》，復旦大學出土文獻與古文字
　　　　研究中心網站 2008 年 12 月 31 日首發（http://www.guwenzi.com/SrcShow.asp?Src_
　　　　ID=579）；程燕《上博七讀後記》，復旦大學出土文獻與古文字研究中心網站 2008
　　　　年 12 月 31 日首發（http://www.guwenzi.com/SrcShow.asp?Src_ID=586）；劉信芳《竹
　　　　書〈武王踐阼〉「反戻」試說》，復旦大學出土文獻與古文字研究中心網站 2009 年
　　　　1 月 1 日首發（http://www.guwenzi.com/SrcShow.asp?Src_ID=589）。

舊作「戒」字之說可以證明是確有道理的。而原讀為「苟」字的說法則恐未當。由出土資料可見，所謂「苟」字，實則為「敬」字之省。「安樂必敬」中的「敬」字，當讀為警戒之「警」。如《周禮·夏官·職方氏》「攷乃職事，無敢不敬戒」和《荀子·大略》「敬戒無怠」中的「敬」字，顯然皆是此意。今本的「敬」與簡本的「戒」，本無優劣之分，只是職部的「戒」是可以入韻的。如是再反觀今本的「不可以忘」與簡本的「不可不志」，其實也是一個意思。我們懷疑今本「敬」「忘」不入韻，並非是訛字的原因，而很有可能今本所據底本與簡本，是兩個並不完全一樣的本子，或有先後之分。

**秋貞案：**

依本論文考釋的結果（參看第二章第三節），楚簡本的文句沒有訛誤，字讀為「側」，而且以簡本的「戒」和「志」正可以入韻。簡本反而解除了千古以來的爭議的疑惑：

> 上古音有之職通押的案例。見《詩》〈衛風·伯兮〉四章以背（職）韻痗（之），〈小雅·出車〉一章以牧棘（職）韻來載（之）〔註92〕。

**（二）所機曰：「皇＝（皇皇）惟謹，▨口生敬，口生詬，慎之口＝。」**

押韻字：謹（見紐文部）、敬（見紐耕部）；

文部在陳新雄的古音三十二部中是諄部，諄和耕部有旁轉之例：

> 《詩·衛風·碩人》二章以倩（耕）韻盼（諄），〈周頌·烈文〉以訓（諄）韻刑（耕），《易·垢象傳》以正（耕）韻吝（諄），《禮記·儒行》以騁（耕）韻問（諄），《論語·八佾》以倩（耕）韻盼（諄），《楚辭·招魂》以侁（諄）韻瞑（耕）。〔註93〕

詬（見紐侯部）、口（溪紐侯部），押侯部韻。

**（三）▨盤銘曰：「與其溺於人，寧溺於淵，溺於淵猶可游，溺於人不可救。」**

押韻字：人（日紐真部）、淵（影紐真部），押真部韻；

　　　　　游（余紐幽部）、救（見紐幽部），押幽部韻。

---

〔註92〕陳新雄：《古音研究》，五南圖書出版，1999 年 4 月，頁 447。
〔註93〕陳新雄：《古音研究》，五南圖書出版，1999 年 4 月，頁 469。

（四）桯銘諺：「毋曰何傷，禍將長；毋曰胡害，禍將大；毋曰何
　　　　殘，禍將延。」

押韻字：傷（書紐陽韻）、長（定紐陽韻），押陽部韻；
　　　　害（匣紐月部）、大（定紐月部），押月部韻；
　　　　殘（從紐元部）、延（余紐元部），押元部韻。

（五）枳銘諺曰：「惡危，危於忿㦖。惡失，失道於嗜慾。惡忘，忘於
　　　　貴福。」

押韻字：危（疑紐歌部）、㦖（來紐質部）；
　　　　失（書紐質部）、慾（余紐屋部）；
　　　　忘（明紐陽部）、福（幫紐職部）。

陳志向認為此銘文無韻。

　　　　今本「㦖」為質部字，「貴」為物部字，質、物二部關係極為
密切，或為押韻。「㦖」，一本作「夘」〔註94〕，孔廣森認為：「嗜慾，
當作『慾嗜』，與夘、貴合韻」。簡本作「嗜欲」，孔說或非。羅常
培、周祖謨先生曾指出「古人押韻不一定都很謹嚴」，並舉西漢楊
雄《太玄篇》為例，「這只能說明作者所要求的只在於這些字音都
是入聲而已」。（《漢魏晉南北朝韻部演變研究（第 1 分冊）》第 89
頁，北京：科學出版社，1958 年版。）簡本「連（讀為「㦖」）」
「欲」「富」三字韻部相距甚遠，但屋部之「欲」與之部之「富」
似乎可以押韻。蔡偉老師指出王念孫《讀書雜志卷九・淮南內篇第
十八》「雖定」條「孫按：『雖定』當依劉本作『雖足』，字之誤也。……
且『足』與『稷』為韻《泰族篇》『獄訟止而衣食足』，亦與『息德』
為韻；《老子》『禍莫大於不知足』，與『得』為韻」，認為此處「欲」
「富」可能押韻。為謹慎起見，我們仍將此銘視為無韻。

秋貞案：

「㦖」、「慾」、「福」都是入聲韻，雖「質職旁轉」、「屋職旁轉」但「質屋」
不入韻。故此處不韻，陳志向認為此銘文無韻，可從。

――――――――

〔註94〕陳志向先生的文稿未現此字。

（六）卣銘諺曰：「位難得而易<u>失</u>，士難得而易<u>間</u>。」

押韻字：失（書紐質部）、間（見紐元部）。

陳志向認為此句「羍」讀為「外」，於是「失」和「外」字可能也是質部字與月部字押韻。

> 羍，當從外聲。字形亦見於天星觀遣冊，為「外車」合文（滕壬生，《楚系簡帛文字編》第 1121 頁，武漢：湖北教育出版社，1995 年版）。整理者讀為「外」。讀書會原讀為「間」，後從蔡偉老師意見，仍讀為「外」。以韻考之，當以「外」為是。

秋貞案：

依筆者於第二章第五節的考釋結果，「羍」依陳偉的意見讀為「間」，「失」和「間」字是質元旁對轉的關係，故有押韻。《詩經·小雅·賓之初筵》「賓之初筵，左右秩秩」，「筵」是元部字和「秩」是質部字，「筵」、「秩」可押韻。〔註95〕

## 三、其他行文

> 不<u>敬</u>則不<u>定</u>，弗<u>強</u>則<u>枉</u>，<u>枉</u>者<u>敗</u>，而<u>敬</u>者萬<u>世</u>。

押韻字：敬（見紐耕部）、定（定紐耕部），押耕部韻；

　　　　強（羣紐陽部）、枉（影紐陽部），押陽部韻；

　　　　敗（並紐月部）、世（書紐月部），押月部韻。

---

〔註95〕陳新雄：《古音學發微》，文史哲出版社，1975 年。

# 參考文獻

## 一、傳統文獻

1. 〔漢〕許慎著，〔宋〕徐鉉校定《說文解字》，中華書局，2007 年 4 月，北京第 26 次印刷。

2. 〔漢〕許慎著，〔宋〕徐鍇《說文解字徐氏繫傳》，文海出版社，1968 年 6 月再版。

3. 〔漢〕許慎著，〔清〕段玉裁《說文解字注》，經韻樓藏版，黎明文化事業公司，1991 年 8 月。

4. 〔南朝梁〕顧野王撰《玉篇》，涵芬樓影印宋刊本，中華漢語工具書書庫，安徽教育出版社。

5. 〔後周〕郭忠恕撰，〔清〕鄭珍箋《汗簡箋正》，廣文書局，1974 年 3 月初版。

6. 〔宋〕夏竦《古文四聲韻》，學海出版社，1978 年 5 月初版。

7. 〔宋〕王應麟《踐阼篇集解》，《玉海》第六冊附刻，江蘇古籍出版社、上海書店 1987 年。

8. 〔宋〕范曄《後漢書》，北京：中華書局，1995 年，第 11 冊。

9. 〔宋〕黎靖德編，王星賢點校：《朱子語類》，北京：中華書局，1988 年 8 月第二次印刷。

10. 〔宋〕司馬光等撰《類篇》，汲古閣影宋本，中華漢語工具書書庫，安徽教育出版社。

11. 〔宋〕戴侗撰《六書故》，此為四庫全書本，中華漢語工具書書庫，安徽教育出版社。

12. 〔清〕紀昀等《景印文淵閣四庫全書》，臺灣商務印書館，1983～1986 出版。

13. 〔清〕阮元，文選樓藏本，嘉慶二十年重刊宋本《十三經注疏‧禮記》，新文豐出版社。

14. 〔清〕阮元輯《皇清經解》三禮類彙編，藝文印書館。

15. 〔清〕王先謙主編《皇清經解續編》三禮類彙編，藝文印書館。

16. 〔清〕孔廣森《大戴禮記補注》，叢書集成初編本，商務印書館 1939 年。

17. 〔清〕孔廣森《禮學卮言》，〔清〕阮元、王先謙編：《皇清經解》卷 693，上海書店出版 1988 年。

18. 〔清〕王聘珍撰，王文錦點校《大戴禮記解詁》前言，北京：中華書局出版，1992 年 1 月。

19. 〔清〕王樹楠《校正孔氏大戴禮記補注》，叢書集成初編本，商務印書館，1939 年。

20. 〔清〕俞樾撰，劉師培補《古書疑義舉例》，商務印書館，1939 年。

21. 〔清〕俞樾等《古書疑義舉例五種》，中華書局，2005 年第二版。

## 二、近人論著專書（依筆畫順序排列）

1. 丁原植：《《文子》資料探索》，萬卷樓圖書公司，1999 年 9 月初版。

2. 丁福保編纂：《說文解字詁林》，北京：中華書局，1988 年。

3. 于省吾：《甲骨文字詁林》，北京：中華書局，1996 年 5 月。

4. 于省吾：《甲骨文字釋林》，北京：中華書局，2009 年 4 月第一刷。

5. 于省吾：《雙劍誃易經新證》，《雙劍誃群經新證‧雙劍誃諸子新證》，上海書店出版社，1999 年 4 月第 1 版。

6. 中國社科學院考古所編輯：《殷周金文集成（修訂增補本）》，中華書局，2007 年 4 月。

7. 中國青銅器全集編輯委員會：《中國青銅器全集》1～16，文物出版社，1997 年 1 月出版。

8. 中國科學院考古研究所編輯：《甲骨文編》，1965 年 9 月。

9. 方向東：《大戴禮記匯校集解》，北京：中華書局，2008 年。

10. 王力：《王力古漢語字典》，北京：中華書局，2007 年 6 月第 6 次印刷。

11. 王海根：《古代漢語通假字大字典》，福建人民出版社，2006.01 第 1 次印刷。

12. 王輝：《古文字通假字典》，中華書局，2008 年 2 月。

13. 王錦光、洪震寰：《中國古代物理學史話》，石家莊：河北人民出版社，1981 年。

14. 白於藍：《簡牘帛書通假字字典》，福建人民出版社，2008 年 1 月。

15. 朱鳳瀚：《文物鑑定指南》，陝西人民出版社，1995 年 12 月第 1 次印刷。

16. 朱鳳瀚：《古代中國青銅器》，南開大學出版社，1995 年。

17. 何琳儀：《戰國文字通論（訂補）》，南京：江蘇教育出版社，2003 年。

18. 何琳儀：《戰國古文字典》上冊，北京：中華書局，2007 年 5 月第 3 次印刷。

19. 何琳儀：《戰國古文字典》下冊，北京：中華書局，2007 年 5 月第 3 次印刷。

20. 宋兆麟：《中國原始社會史》，文物出版社，1983 年。

21. 李守奎、曲冰、孫偉龍編著：《上海博物館藏戰國楚竹書（一～五）文字編》，作家出版社，2007 年 12 月第 1 版。

22. 李守奎：《楚文字編》，華東師範大學出版社，2003 年 12 月。

23. 李家浩：《包山二六六號簡所記木器研究》，北京大學中國傳統文化研究中心編《國學研究》，北京大學出版社 1994 年。

24. 李家浩：《包山卜筮簡 218～219 號研究》，長沙市文物考古研究所編《長沙三國吳簡暨百年來簡帛發現與研究國際學術研討會論文集》，中華書局，2005 年 12 月。

25. 李零：《考古發現與神話傳說》，《李零自選集》，廣西師範大學出版社，1998 年。

26. 李零：《郭店楚簡校讀記》，《道家文化研究（郭店楚簡專號）》第 17 輯，三聯書店 1999 年。

27. 李零：《論公盨發現的意義》，《中國歷史文物》2002 年第 6 期。

28. 李零：《戰國鳥書箴銘帶鉤考釋》，《古文字研究》第 8 輯，中華書局 1983 年。

29. 李學勤：《古文字學初階》，萬卷樓，1993 年 4 月初版二刷。

30. 李學勤：《李學勤文集·考古新發現與中國學術史》，上海辭書出版社，2005 年 5 月出版。

31. 李學勤：《青銅器與古代史》，聯經出版，2005 年。

32. 周法高主編：《金文詁林》，香港中文大學出版，1975 年出版。

33. 季旭昇師：《說文新證》上冊，台北：藝文印書館，2002.10 初版二刷。

34. 季旭昇師：《說文新證》下冊，台北：藝文印書館，2004.11 初版。

35. 宗福邦、陳世鐃、蕭海波主編：《故訓匯纂》上冊，北京：商務印書館，2007 年 9 月。

36. 宗福邦、陳世鐃、蕭海波主編：《故訓匯纂》下冊，北京：商務印書館，2007 年 9 月。

37. 胡星斗：《姜子牙《六韜》譯注》，1993 年 6 月。

38. 唐蘭：《古文字學導論》，學海出版社，1986 年 8 月。

39. 孫海、藺新建主編：《中國考古集成》華南卷 10，商周至秦漢（二），中州古籍出版社。

40. 孫詒讓撰、雪克點校：《大戴禮記斠補》，齊魯書社，1988 年。

41. 容庚：《商周彝器通考》，上海人民出版社，2008 年 8 月。

42. 容庚編著、張振林、馬國權摹補：《金文編》，中華書局，1985 年 7 月第 1 版。

43. 徐中舒：《甲骨文字典》，四川辭書出版社，1990 年 9 月。

44. 徐中舒：《秦漢魏晉篆隸字形表》，四川辭書出版社。

45. 徐中舒主編：《漢語古文字字形表》，四川人民出版社，1980 年。

46. 郝士宏：《古漢字同源分化研究》，安徽大學出版社，2008 年 4 月。

47. 馬承源主編：《上海博物館藏戰國楚竹書（二）》，上海古籍出版社，2002 年 11 月第 1 版。

48. 馬承源主編：《上海博物館藏戰國楚竹書（五）》，上海古籍出版社，2005 年 12 月第 1 版。

49. 馬承源主編：《上海博物館藏戰國楚竹書（六）》，上海古籍出版社，2007 年 07 月第 1 版。

50. 馬承源主編：《上海博物館藏戰國楚竹書（七）》，上海古籍出版社，2008 年 12 月第 1 版。

51. 高亨編著、董治安整理：《古字通假會典》，齊魯書社，1989 年 7 月第 1 版。

52. 高明註譯：《大戴禮記今註今譯》，台灣商務印書館，1993.06 修訂版第三次印刷。

53. 高明：《中國古文字學通論》，北京大學出版，2008 年 6 月。

54. 高明：《古文字類編》上下冊，上海古籍出版社，2008 年 8 月。

55. 張光裕主編、袁國華合編：《包山楚簡文字編》，藝文印書館。

56. 張守中：《睡虎地秦簡文字編》，文物出版社，1990 年 9 月第一版。

57. 張涌泉：《漢語俗字叢考》，北京：中華書局，2000 年 1 月。

58. 張顯成：《簡帛文獻學通論》，北京：中華書局，2006 年 3 月第二次印刷。

59. 盛冬鈴：《六韜譯注》，河北人民出版社，1992 年。

60. 許世瑛：《常用虛字用法淺釋》，復興書局，1963 年 4 月初版。

61. 郭錫良：《漢字古音手冊》，北京大學出版社，1986 年。

62. 陳偉：《郭店竹書別釋》，湖北教育出版社，2003 年。

63. 陳新雄：《古音學發微》，文史哲出版社，1975 年。

64. 陳新雄：《訓詁學》上冊，台北：學生書局，1994 年 9 月。

65. 陳新雄：《古音研究》，台北，五南圖書有限公司。1999 年 4 月。

66. 陳霞村編、左秀靈校：《古代漢語虛詞類解》，台北，建宏出版社，1995 年。

67. 湖北省荊沙鐵路考古隊：《包山楚簡》，北京：科學出版社，1991 年。

68. 湖南省博物館等：《長沙馬王堆一號漢墓》，文物出版社，1973 年 10 月。

69. 湖南省博物館等：《長沙馬王堆二、三號漢墓》第一卷，文物出版社，2004 年 7 月。

70. 湯餘惠：《戰國文字編》，福建人民出版社，2005 年 8 月第二次印刷。

71. 黃征：《敦煌俗字典》，上海教育出版社，2004 年 9 月。

72. 黃德寬、何琳儀、徐在國：《新出楚簡文字考》，安徽大學出版社，2007 年 9 月。

73. 黃錫全：《汗簡注釋》，武漢大學出版社，1993 年。

74. 黃懷信、孔德立、周海生：《大戴禮記彙校集注》，三秦出版社，2005 年 1 月。

75. 楚永安：《文言複式虛詞》，北京，中國人民出版社，1986 年。

76. 楊樹達：《積微居金文說》，中華書局，2004 年。

77. 葉茂林：《陶器投資與鑒賞》，台北：台灣廣廈出版，1996 年 9 月。

78. 葉國良、夏長樸、李隆獻合著:《經學通論》,台北:大安出版社,2006 年 10 月一版二刷。

79. 漢語大字典字形組編:《秦漢魏晉漢隸字形表》,四川辭書出版社,1985 年。

80. 睡虎地秦墓竹簡整理小組:《睡虎地秦墓竹簡》,文物出版社,1990 年。

81. 臧克和:《中古漢字流變》,華東師範大學出版社。

82. 劉信芳:《包山楚簡解詁》,台北:藝文印書館,2003 年 1 月。

83. 劉釗:《古文字構形學》,福建人民出版社,2006 年 1 月第一次印刷。

84. 厲兵、魏勵編著:《簡化字、繁體字、異體字辨析字典》,四川人民出版社,1993 年 12 月。

85. 滕壬生:《楚系簡帛文字編》,湖北教育出版社,1995 年。

86. 蔡賓年、袁運開:《物理學史講義——中國古代部分》,北京:高等教育出版社,1985 年。

87. 黎靖德編、王星賢點校:《朱子語類》,中華書局,1986 年。

88. 戴念祖:《中國科學技術史·物理卷》,北京:科學出版社,2001 年。

89. 羅福頤主編:《古璽彙編》,北京:文物出版社,1998 年 5 月。

## 三、單篇論文

1. 上海向明中學創明小組:〈也說欹器之謎〉,〈科學 24 小時〉2003 年 6 月。

2. 凡國棟:《《上博六》楚平王逸篇初讀》,http://www.bsm.org.cn/show_article.php?id=598,2007.07.09。

3. 大丙:〈《吳命》篇「暑日」補說〉,http://www.guwenzi.com/SrcShow.asp?Src_ID=622,2009.01.05。

4. 小龍:〈也說「幾」、「(微—彳)」〉,http://www.gwz.fudan.edu.cn/SrcShow.asp?Src_ID=593,2009.01.02。

5. 毛穎:〈弩機概論〉,《東南文化》1998 年第 3 期總第 121 期。

6. 王大鈞:〈半坡的尖底紅陶瓶〉,《力學與實踐》1990 年 12 月。

7. 任銘善:〈大戴禮記考論三篇〉,王元化主編《學術集林》,上海遠東出版社 1995 年。

8. 朱德熙、裘錫圭:〈平山中山王墓銅器銘文的初步研究〉,《文物》1979 年第 1 期。

9. 何有祖,〈上博簡《武王踐阼》初讀〉,http://www.bsm.org.cn/show_article.php?id=756,2007.12.04。

10. 何有祖:〈《武王踐阼》小札〉,http://www.bsm.org.cn/show_article.php?id=945,2009.01.04。

11. 何有祖:〈上博七《武王踐阼》「盟」字補釋〉,http://www.bsm.org.cn/show_article.php?id=935,090102。

12. 何有祖：〈釋「當『楯』」〉，http://www.bsm.org.cn/show_article.php?id=915，2008.12.30。

13. 何琳儀：〈郭店竹簡選釋〉，《文物研究》總第 12 輯，1999 年 12 月。又《簡帛研究二〇〇一》，廣西師範大學出版社，2001 年 9 月。

14. 吳振武：〈古璽姓氏考〉（複姓十五篇），出土文獻研究第三輯，中華書局，1998 年 10 月。

15. 吳振武：〈戰國文字中一種值得注意的構形方式〉，浙江大學漢語史研究中心、浙江大學古籍研究所編《姜亮夫、蔣禮鴻、郭在貽先生紀念文集》，上海教育出版社，2003 年。

16. 吳筱文：〈《郭店・五行》簡 46「泉」字考釋〉，http://www.gwz.fudan.edu.cn/SrcShow.asp?Src_ID=1225#_ednref6，2010.07.23。

17. 吳鎮烽、師小群：〈三年大將吏弩機考〉，《文物》2006 年第 4 期。

18. 宋華強：《由新蔡簡「肩背疾」說到平夜君成所患為心痛之證》，http://www.bsm.org.cn/show_article.php?%20id=127，2005.12.07。

19. 宋華強：《新蔡簡「肩」字補證》，http://www.bsm.org.cn/show_article.php?id=284，2006.03.14。

20. 宋華強：〈釋上博簡中讀為「曰」的一個字〉，http://www.bsm.org.cn/show_article.php?id=839，2008.06.10。

21. 宋華強：〈《武王踐阼》「祈」及從「祈」之字試解〉，http://www.bsm.org.cn/show_article.php?id=1104，2009.06.27。

22. 宋華強：〈《武王踐阼》「微忽」試解〉，http://www.bsm.org.cn/show_article.php?id=1109#_ftnref15，2009.07.07。

23. 李守奎：〈包山楚簡 120——123 號簡補釋，http://www.gwz.fudan.edu.cn/srcshow.asp?src_id=861#_ednref33，2009.08.01。

24. 李松儒：〈上博七《武王踐阼》的抄寫特徵及文本構成〉，http://www.gwz.fudan.edu.cn/SrcShow.asp?Src_ID=789，2009.05.18。

25. 李家浩：〈釋老簋銘文中的「濾」字——兼談「只」字的來源〉，《古文字研究》第 27 輯，中華書局，2008 年 9 月。

26. 李恕豪：〈揚雄《方言》中僅見于楚地的方言詞語研究〉，http://www.colips.org/conference/icicsie2002/papers/LiShuhao.doc。

27. 李銳：〈《武王踐阼》研讀〉，http://www.confucius2000.com/admin/list.asp?id=3861，2008.12.31。

28. 李學勤：〈平山墓葬群與中山國的文化〉，《文物》1979 年第 1 期。

29. 李學勤：〈先秦儒家著作的重大發現〉，《郭店楚簡研究》，《中國哲學》第二十輯。

30. 李學勤：〈郭店簡與《禮記》〉，「郭店楚簡研究」，《中國哲學史》1988 年第 4 期。

31. 李學勤：〈論雷鼓墩尊盤的性質〉，《江漢考古》1989 年第 4 期。

32. 李學勤：《平山墓葬群與中山國文化》，見《新出青銅器研究》，北京：文物出版社，1990 年。原載《文物》1979 年第 1 期。

33. 李學勤：〈釋東周器名卮及有關文字〉，《文物中的古文明》，商務印書館 2008 年。

34. 李學勤：〈釋東周器名卮及有關文字〉，出自《文物中的古文明》一書，商務印書館，2008 年 10 月。本文亦收入在張光裕主編《第三屆國際中國古文字學研討會論文集》，2003 年 10 月。

35. 沈培：《〈上博七〉殘字辨識兩則》，http://www.guwenzi.com/SrcShow.asp?Src_ID=598，2008.12.31。

36. 沈培：〈《武王踐阼》篇的「昌」〉，http://www.gwz.fudan.edu.cn/SrcShow.asp?Src_ID=598，2009.01.02。

37. 周宏偉：〈也說上博七「沱」字之義〉，http://www.bsm.org.cn/show_article.php?id=1023，2009.04.14。

38. 孟蓬生：〈上博竹書（四）閒詁〉，卜憲君、楊振紅主編，《簡帛研究二〇〇四》，廣西師範大學出版社 2006 年，http://www.jianbo.org/admin3/2005/mengpengsheng001.htm，2005.02.15。

39. 孟蓬生：〈上博竹書（四）閒詁（續）〉，http://www.jianbo.org/admin3/2005/mengpengsheng002.htm，2005.03.06。

40. 孟蓬生：〈「瞻」字異構補釋〉，http://www.bsm.org.cn/show_article.php?id=687，2007.07.23。

41. 季旭昇師：〈上博五芻議（下）〉，http://www.bsm.org.cn/show_article.php?id=196，2006.02.18。

42. 季旭昇師：〈談古文字考釋的「集體歸納法」〉，台北：學生書局，2008 年 10 月。

43. 季旭昇師：〈上博七芻議〉，http://www.guwenzi.com/SrcShow.asp?Src_ID=588，2009.01.01。

44. 林文華：〈上博七·武王踐阼〉「民之反佹（覆）」解〉，http://www.bsm.org.cn/show_article.php?id=933，2009.01.02。

45. 林素娟：〈飲食禮儀的身心過渡意涵及文化象徵意義——以《三禮》齋戒、祭祖為核心進行探討〉，中國文哲研究期刊第三十二期，2008 年 3 月。

46. 林清源：〈上博簡《武王踐阼》「幾」、「微」二字考辨〉，http://www.bsm.org.cn/show_article.php?id=1155，2009.10.13。

47. 林澐：〈真該走出疑古時代嗎？——對當前中國古典學取向的看法〉，《史學集刊》2007 年第 3 期。

48. 武漢市文物商店：〈武漢市收集的幾件重要的東周青銅器〉，《江漢考古》1983 年第 2 期。

49. 侯乃峰：〈《上博七·武王踐阼》小箚三則〉一文中〈也說「民之反厃（側）」的「厃（側）」字〉，http://www.gwz.fudan.edu.cn/SrcShow.asp?Src_ID=600，2009.01.03。

50. 侯乃峰：〈上博（七）字詞雜記六則〉，http://www.gwz.fudan.edu.cn/SrcShow.asp?Src_ID=665，2009.01.16。

51. 故宮器物典藏資料檢索網站：http://antiquities.npm.gov.tw/~textdb2/NPMv1/show2.php#。

52. 洛陽博物館：〈洛陽哀成叔墓清理簡報〉，《文物》1981 年第 7 期。

53. 胡長春：〈釋《上博七·武王踐阼》簡 6 之「作」字〉，http://www.gwz.fudan.edu.cn/SrcShow.asp?Src_ID=621，2009.01.05。

54. 胡德生：〈先秦兩漢時期的家具〉，《中國古代家具》，台灣商務印書館。

55. 胡德生：〈漫談敧器〉，故宮博物院，家具 2008 年第 1 期。

56. 孫飛燕：〈讀《上博七》劄記二則〉，http://www.confucius2000.com/admin/list.asp?id=3889，2009.01.08。

57. 徐中舒〈弋射與弩之溯源及關於此類名物考釋〉，中央研究院歷史語言研究所集刊第 4 本，1934 年。

58. 草野友子：〈關於上博楚簡《武王踐阼》中誤寫的可能性〉，http://www.gwz.fudan.edu.cn/SrcShow.asp?Src_ID=915，2009.09.22。

59. 郝士宏：〈《禮記·學記》鄭注、孔疏關於《武王踐阼》的記載〉，http://www.gwz.fudan.edu.cn/SrcShow.asp?Src_ID=630，2009.01.06。

60. 郝士宏：〈再讀《武王踐阼》小記二則〉，http://www.gwz.fudan.edu.cn/SrcShow.asp?Src_ID=630，2009.01.06。

61. 高云峰：〈敧器的原理及設計〉，〈力學與實踐〉，1999 年第 21 卷。

62. 高至善：〈記長沙、常德出土弩機的戰國墓——兼談有關弩機、弓矢的幾個問題〉，收入於《商周青銅器與楚文化》一書，岳麓書社出版，2000 年 4 月。

63. 高佑仁：〈也談《武王踐阼》簡 1 之「微喪」〉，http://www.gwz.fudan.edu.cn/SrcShow.asp?Src_ID=652，2009.01.13。

64. 張小豔：〈敦煌籍帳文書釋詞〉，http://www.guwenzi.com/srcshow.asp?src_id=252#_edn1，2007.12.16。

65. 張振謙：〈《上博七·武王踐阼》劄記四則〉，http://www.gwz.fudan.edu.cn/SrcShow.asp?Src_ID=613，2009.01.05。

66. 張崇禮：〈釋〈武王踐阼〉的「矩折」〉，http://www.gwz.fudan.edu.cn/SrcShow.asp?Src_ID=620，2009.01.05。

67. 張頷：〈匏形壺與匏瓜星〉，引自 http://www.daynews.com.cn/culture/ysrs/429626.html，《晉陽學刊》1988 年第五期。

68. 教育部《異體字字典》字形檢索網站：http://dict.variants.moe.edu.tw/suo.htm。

69. 曹建國：《楚竹書〈周易·頤〉卦新釋》，http://www.bsm.org.cn/show_article.php?id=125，2005.12.05。

70. 許文獻：〈上博七《武王踐阼》校讀札記二則〉，http://www.gwz.fudan.edu.cn/Src

Show.asp?Src_ID=737，2009.03.30。

71. 許文獻：〈上博七「沱」字與《詩經》「江有汜」篇詁訓試說〉，http://www.bsm.org.cn/show_article.php?id=1011，2009.03.30。

72. 陳志向：〈《上博（七）·武王踐阼》韻讀〉，http://www.gwz.fudan.edu.cn/SrcShow.asp?Src_ID=638，2009.01.08。

73. 陳偉：〈讀《武王踐阼》小札〉，http://www.bsm.org.cn/show_article.php?id=916，2008.12.31。

74. 陳偉：〈《武王踐阼》「雁曰」應是「諺曰」〉，http://www.bsm.org.cn/bbs/read.php?tid=1561&fpage=4，2009.01.04。

75. 陳偉：〈楚簡中某些「外」字疑讀作「間」試說〉，http://www.bsm.org.cn/show_article.php?id=1257，2010.05.28。

76. 陳偉：〈試說簡牘文獻的年代梯次〉，http://www.bsm.org.cn/show_article.php?id=1285#_ednref20，2010.08.20。

77. 陳劍：〈《上博（六）》短簡五則〉，http://www.bsm.org.cn/show_article.php?id=643，2007.07.20。

78. 陸錫興：〈憑几源流〉，中國典籍與文化，2000年第1期。

79. 曾凡：〈關於「陶匏壺」問題〉，《考古》1990年9期。孫海、蘭新建主編《中國考古集成》華南卷，商周至秦漢（二），中州古籍出版社。

80. 程軍：〈斝器與半坡尖底陶罐〉，山西大同大學學報（自然科學版），2008年2月。

81. 程燕：〈「豈」、「爴」同源考〉，《古研》26。

82. 程燕：〈上博七讀後記〉，http://www.guwenzi.com/SrcShow.asp?Src_ID=586，2008.12.31。

83. 程燕：〈上博七《武王踐阼》考釋二則〉，http://www.gwz.fudan.edu.cn/SrcShow.asp?Src_ID=607，2009.01.03。

84. 程燕：〈《武王踐阼》「戶機」考〉，http://www.gwz.fudan.edu.cn/SrcShow.asp?Src_ID=632，2009.01.06。

85. 馮沂：〈臨沂洗硯池晉墓出土正始二年弩機考議〉，《中國歷史文物》2006年第3期。

86. 馮勝君：〈出土材料所見先秦古書的載體以及構成和傳布方式〉，http://www.gwz.fudan.edu.cn/SrcShow.asp?Src_ID=1236，2010.08.18。

87. 黃崇岳、孫霄：〈原始器灌農業與斝器考〉，農業考古1994年01期。

88. 楊宋鋒：《上博七·武王踐阼》殘字考釋一則，http://www.gwz.fudan.edu.cn/SrcShow.asp?Src_ID=922，2009.09.26。

89. 楊春芳：〈中國早期傳統憑几中的人體工學〉，徐州經貿高等職業學校2006年06期。

90. 楊朝明：〈從《武王踐阼》說到早期兵文化研究〉，《管子學刊》，2005年第3期。

91. 楊華：〈上博簡《武王踐阼》集釋（下）〉，井岡山大學學報，2010 年 3 月。

92. 楊澤生：〈《上博七》補說〉，http://www.gwz.fudan.edu.cn/articles/up/0318，2009. 01.14。

93. 楊錫全：〈出土文獻重文用法新探〉，http://www.gwz.fudan.edu.cn/SrcShow.asp? Src_ID=1145，2010.05.10。

94. 董珊：〈《讀上博六》雜記（續四）〉，http://www.bsm.org.cn/show_article.php?id=649，2007.07.23。

95. 裘錫圭：〈甲骨文字特殊書寫習慣對甲骨文考釋的影響舉例〉，《古文字論集》，北京：中華書局，1992 年 8 月第一版。

96. 裘錫圭：〈說「悤」、「聰」〉，《古文字論集》，北京：中華書局，1992 年 8 月第一版。

97. 裘錫圭：〈說以〉，《古文字論集》，北京：中華書局，1992 年 8 月第一版。

98. 裘錫圭：〈說字小記〉，《古文字論集》，北京：中華書局，1992 年 8 月第一版。

99. 裘錫圭：《釋郭店〈緇衣〉「出言有丨，黎民有」──兼說「丨」為「針」之初文》，荊門郭店楚簡研究（國際）中心編《古墓新知》，國際炎黃文化出版社 2003 年。

100. 裘錫圭：〈是「恒先」，還是「極先」？〉，「中國簡帛學國際論壇 2007」研討會論文，臺灣大學 2007 年 11 月。

101. 裘錫圭：〈釋古文字中的有些「悤」字和從「悤」、從「兇」之字〉《出土文獻與古文字研究》第二輯，上海，復旦大學出版社，2008 年 8 月。

102. 裘錫圭：〈再談古書中與重文有關的誤文〉，http://www.gwz.fudan.edu.cn/SrcShow.asp?Src_ID=819，2009.06.08。

103. 廖名春：〈上海博物館藏‧楚簡《武王踐阼》篇管窺〉，刊於《中國出土資料研究》第 4 號，收入作者文集《新出楚簡試論》，臺灣古籍出版有限公司，2001 年。

104. 熊立章：《上博七‧武王踐阼》引諺入銘與《烝民》引言入詩合論，http://www.bsm.org.cn/show_article.php?id=984，2009.01.29。

105. 福田哲之：〈《上博七‧武王踐阼》簡 6、簡 8 簡首缺字說〉，http://www.bsm.org.cn/show_article.php?id=1007，2009.03.24。

106. 趙平安：〈《武王踐阼》「曼」字補說〉，http://www.gwz.fudan.edu.cn/articles/up/0320，2009.01.15。

107. 趙曉軍、姜濤、周明霞先生：〈洛陽發現兩件西漢有銘銅弩機及其相關問題〉，華夏考古 2010 年第 1 期。

108. 劉信芳：〈竹書《武王踐阼》「反昃」試說〉，http://www.gwz.fudan.edu.cn/SrcShow.asp?Src_ID=589，2009.01.01。

109. 劉信芳：〈《上博藏（七）》試說（之三）〉，http://www.gwz.fudan.edu.cn/articles/up/0331，2009.01.18。

110. 劉洪濤：〈談上博竹書《武王踐阼》的器名「枳」〉，http://www.bsm.org.cn/show_article.

php?id=926，2009.01.01。

111. 劉洪濤：〈談上博竹書《武王踐阼》的機銘〉，http://www.gwz.fudan.edu.cn/SrcShow.asp?Src_ID=601，2009.01.03。

112. 劉洪濤：〈《民之父母》、《武王踐阼》合編一卷說〉，http://www.gwz.fudan.edu.cn/SrcShow.asp?Src_ID=614，2009.01.05。

113. 劉洪濤：〈用簡本校讀傳本〈武王踐阼〉〉，http://www.bsm.org.cn/show_article.php?id=997，2009.03.03。

114. 劉洪濤：〈上博竹書《武王踐阼》所謂「卤」字應釋為「戶」〉，http://www.bsm.org.cn/show_article.php?id=1003，2009.03.14。

115. 劉洪濤：〈《大戴禮記·武王踐阼》「忿寔」的「寔」非誤字〉，http://www.bsm.org.cn/bbs/read.php?tid=1600&fpage=3，2009.03.19。

116. 劉洪濤：〈釋上博竹書《武王踐阼》的「齋」字〉，http://www.gwz.fudan.edu.cn/SrcShow.asp?Src_ID=744，2009.04.05。

117. 劉洪濤：〈試說《武王踐阼》的機銘（修訂）〉，http://www.bsm.org.cn/show_article.php?id=1068，2009.06.07。

118. 劉秋瑞：〈再論〈武王踐阼〉是兩個版本〉，http://www.gwz.fudan.edu.cn/SrcShow.asp?Src_ID=639，2009.01.08。

119. 劉剛：〈讀簡雜記·上博七〉，http://www.gwz.fudan.edu.cn/SrcShow.asp?Src_ID=624，2009.01.05。

120. 劉釗：〈讀郭店楚簡字詞札記〉，《郭店楚簡國際學術研討會論文集》，湖北人民出版社，2000 年 5 月。

121. 劉釗：《〈上博五·君子為禮〉釋字一則》，http://www.bsm.org.cn/show_article.php?id=654，2007.08.06。

122. 劉翔：〈說鈉〉，《江漢考古》，1986 年第 2 期。

123. 劉雲：〈上博七詞義五札〉，http://www.bsm.org.cn/show_article.php?id=1004，2009.03.17。

124. 劉雲：〈說上博簡中的從「屯」之字〉，http://www.gwz.fudan.edu.cn/SrcShow.asp?Src_ID=618，2009.01.05。

125. 劉嬌：《〈上博七·武王踐阼〉校讀》，http://www.gwz.fudan.edu.cn/SrcShow.asp?Src_ID=576，2008.12.30。

126. 禤健聰：〈上博（七）零箚三則〉，http://www.bsm.org.cn/show_article.php?id=970，2009.01.14。

127. 聶菲：〈楚系墓葬出土漆木几研究〉，中國歷史文物 2004 年 05 期。

128. 魏宜輝：《讀上博楚簡（四）箚記》，http://www.jianbo.org/admin3/2005/weiyihui001.htm，2005.03.15。

129. 龐光華：〈論〈金人銘〉的產生時代〉，《孔子研究》2005 年第 2 期。

130. 蘇建洲：〈《武王踐阼》簡4「息」字說〉，http://www.gwz.fudan.edu.cn/SrcShow.asp?Src_ID=623，2009.01.05。

131. 蘇建洲：《上博七‧武王踐阼》簡6「宅」字說，http://www.gwz.fudan.edu.cn/SrcShow.asp?Src_ID=579，2008.12.31。

132. 蘇建洲：〈說《武王踐阼》簡3「曲（从木）」字〉，http://www.bsm.org.cn/show_article.php?id=1001，2009.03.11。

## 四、學位論文：（依筆畫順序排列）

1. 李明慈：《《大戴禮記》盧辯注研究》，中國文化大學中國文學研究所碩士論文，1988年6月。

2. 林清源：《楚國文字構形演變研究》，臺中，東海大學中國文學系博士論文，1997年。

3. 陳宜均：《王聘珍《大戴禮記解詁》研究》，國立彰化師範大學國文研究所碩士論文，2007年7月。

4. 陳嘉凌：《楚系簡帛文字根》，國立臺灣師範大學國文研究所碩士論文，2002年7月。

# 附錄一　楚簡〈武王踐阼〉

**第 1 簡**

**第 2 簡**

## 第3簡

**第4簡**

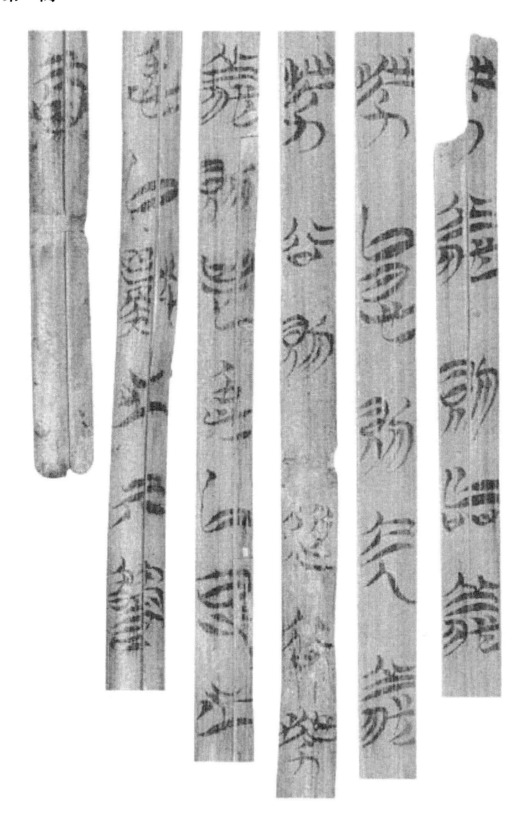

## 第 5 簡

**第 6 簡**

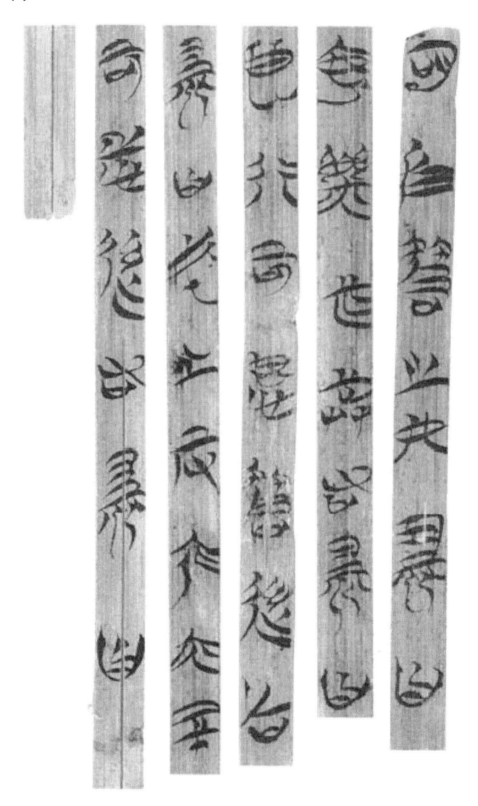

**第 7 簡**

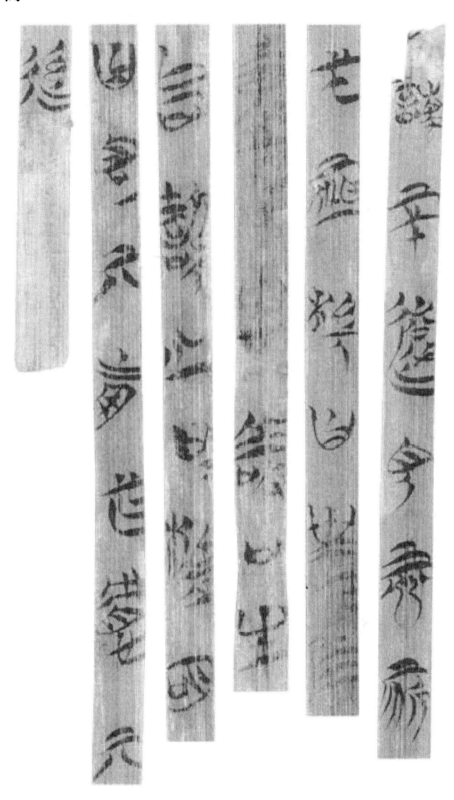

**第8簡**

**第9簡**

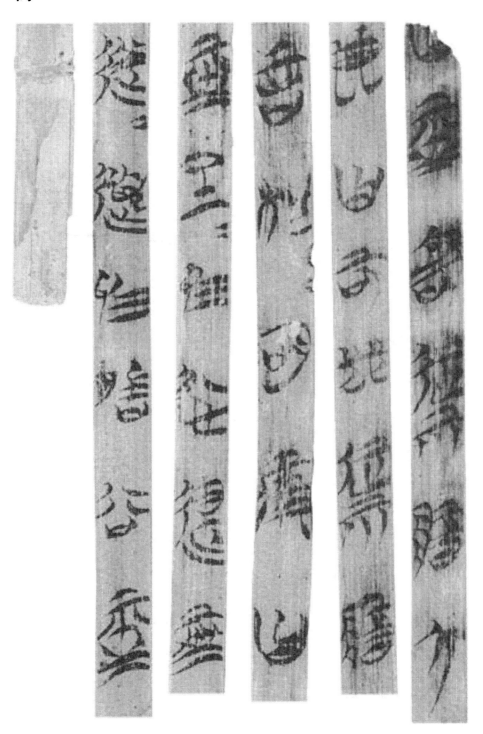

**第 10 簡**

**第 11 簡**

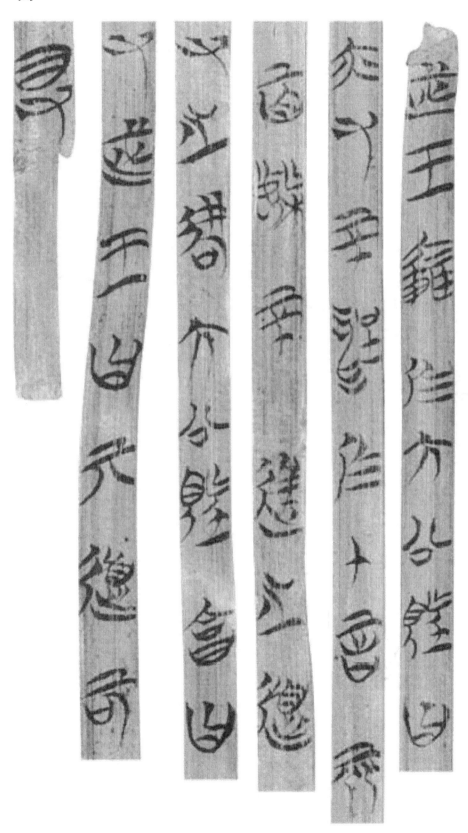

**第 12 簡**

**第 13 簡**

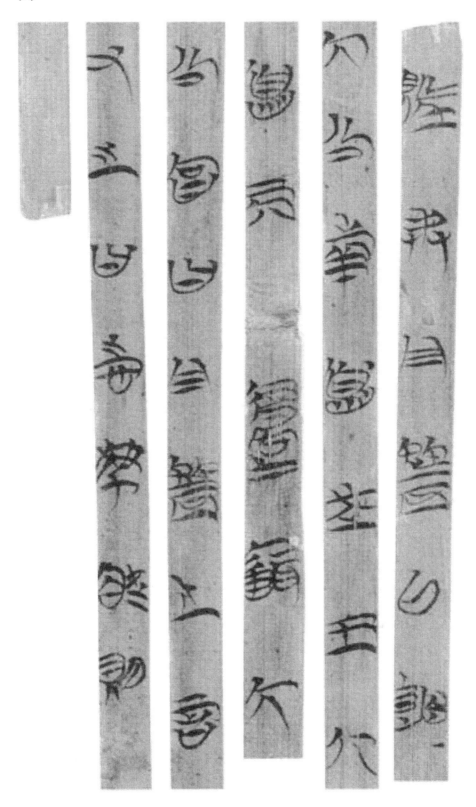

**第 14 簡**

**第 15 簡**

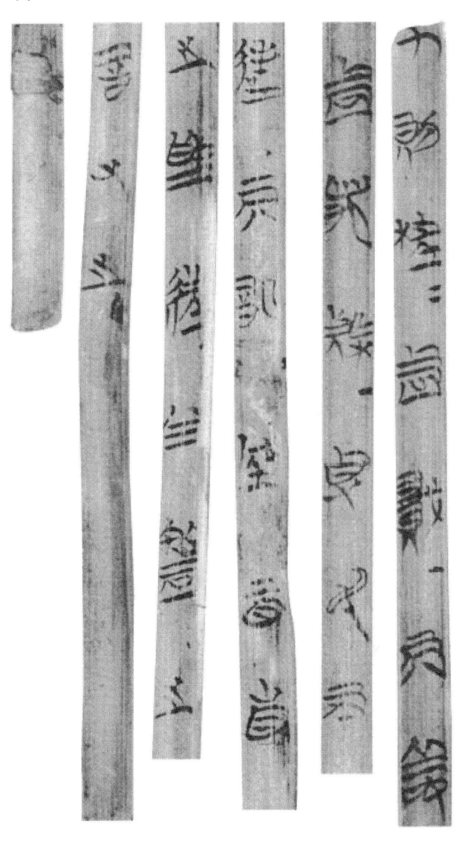

# 附錄二　今本（文淵閣四庫全書版）

　　武王踐阼三日，召士大夫而問焉，曰：「惡有藏之約，行之行，萬世可以為子孫恆者乎？」諸大夫對曰：「未得聞也。」然後召師尚父而問焉，曰：「昔帝顓頊之道存乎？意亦忽不可得見與？」師尚父曰：「在丹書。王欲聞之，則齊矣。」王齊三日，端冕，奉書而入，負屏而立。王下堂，南面而立。師尚父曰：「先王之道，不北面。」王行折而東面。師尚父西面道書之言曰：「敬勝怠者強，怠勝敬者亡，義勝欲者從，欲勝義者凶。凡事不強則枉，不敬則不正，枉者滅廢，敬者萬世。藏之約，行之行，可以為子孫恆者，此言之謂也。且臣聞之：以仁得之，以仁守之，其量百世；以仁得之，以不仁守之，其量十世；以不仁得之，以不仁守之，必及其世。」

　　王聞書之言，惕若恐懼，退而為戒書。于席之四端為銘焉，于机為銘焉，于鑑為銘焉，于盥盤為銘焉，于楹為銘焉，于杖為銘焉，于帶為銘焉，于履屨為銘焉，于觴豆為銘焉，于牖為銘焉，于劍為銘焉，于弓為銘焉，于矛為銘焉。席前左端之銘曰：「安樂必敬。」前右端之銘曰：「無行可悔。」後左端之銘曰：「一反一側，亦不可以忘。」後右端之銘曰：「所監不遠，視邇所代。」机之銘曰：「皇皇惟敬，口生垢，口戕口。」鑑之銘曰：「見爾前，慮爾後。」盥盤之銘曰：「與其溺于人也，寧溺于淵。溺于淵猶可游也，溺于人不可救也。」楹之銘曰：「毋曰胡殘，其禍將然，毋曰胡害，其禍將大，毋曰胡傷，其禍將長。」杖之銘曰：「惡乎危？于忿疐。惡乎失道？于嗜慾。惡乎相忘？于富貴。」

帶之銘曰：「火滅修容，慎戒必恭，恭則壽。」屨履之銘曰：「慎之勞，勞則富。」觴豆之銘曰：「食自杖，食自杖，戒之憍，憍則逃。」戶之銘曰：「夫名難得而易失。無勤弗志，而曰我知之乎？無勤弗及，而曰我杖之乎？擾阻以泥之，若風將至，必先搖搖，雖有聖人，不能為謀也。」牖之銘曰：「隨天之時，以地之財，敬祀皇天，敬以先時。」劍之銘曰：「帶之以為服，動必行德，行德則興，倍德則崩。」弓之銘曰：「屈伸之義，廢興之行，無忘自過。」矛之銘曰：「造矛造矛，少閒弗忍，終身之羞。」予一人所聞，以戒後世子孫。

# 附錄三　宋王應麟〈踐阼篇集解〉元代刊本

一、宋王應麟〈踐阼篇集解〉元代刊本。至元三年慶元路儒學刊玉海附刻本

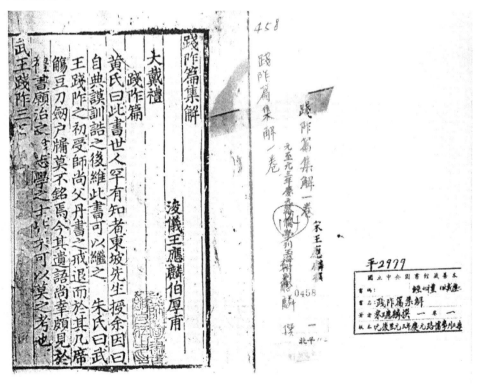

敬者所以主此心而根萬善也
前右端之銘曰無行可悔
盧氏曰當恭敬朝夕故以懷安爲悔也
後左端之銘曰一反一側亦不可以忘（以忘作不忘）
盧氏曰言雖反側之間不可以忘道也
後右端之銘曰所監不遠視爾所代（爾作邇）
盧氏曰周監不遠近在有殷之世　真氏曰爾武
王自謂也代謂周代商安樂則易怠怠則必有悔
故孟子謂生於憂患而死於逸樂當寢而安逸欲
易作一反一側敬不可忘謠戲自絕視彼殷商銘

席四端爲心之防
几之銘曰皇皇惟敬口口生敬口生詬口戕口（[illegible]）
（敬三字從許　作反一字從言）
盧氏曰詬恥也言爲君子榮辱之主可不慎乎詬
詬詈也口戕口言口能害口也机者人君出令所
依故　　　也　太公金匱武王曰吾欲造
起居之誡隨之以身几之書曰安無忘危存無忘
亡孰惟二者必後無凶
鑑之銘曰見爾前慮爾後
真氏曰鑑雖甚明見面而不見背猶吾一心有所

（[illegible]）
盧氏曰端正也樹謂之屏孔氏曰端冕謂衮冕
也其衣正幅與玄端同故云端冕（凡冕服其制皆正幅袂二尺二寸皇氏曰武王端冕謂衮冕也樂記魏文侯端冕謂玄冕也）爾雅屏謂
之樹注小牆當門中（疏曰屏蔽也天子外屏在路門之外而近應門）
王下堂南面而立師尚父曰先王之道不北面
學記大學之禮雖詔於天子無北面所以尊師也
王行西折而南東面而立師尚父西面道書之言曰
敬勝怠者吉怠勝敬者滅義勝欲者從欲勝義者凶
（折之謂反學記正義曰大戴禮云折而東面此西折而南字亦鄭所加丹書之言曰敬勝怠者[illegible]）

皇氏曰王在賓位師尚父在主位此王廷之位若
尋常師徒之教則師東面弟子西面與此異也
真氏曰武王之始克商也訪洪範於箕子其始踐
阼也又訪丹書於太公可謂急於問道者矣而太
公望所告不出敬與義之二言蓋敬則萬善俱立
怠則萬善俱廢義則理爲之主欲則物爲之主吉
凶存亡之所由分上古聖人已致謹於此矣武王
聞之惕若戒懼而銘之器物以自警焉蓋恐斯須
不存而怠與欲得乘其隙也其後孔子贊易於坤
之六二曰敬以直內義以方外先儒釋之曰敬立

而內直義形於外武……私邪之累內

所以直也義則事事物物各當其分外之所以

方也自黃帝而武王自武王而孔子其皆

程氏曰敬義夾持直上達天德自此朱氏曰與

敬便堅立怠便放倒以理從事是義不以理從事

是欲敬義是體用與坤卦說同太公金匱曰武

王問師尚父曰五帝之戒可得聞乎師尚父曰黃

帝居民上惕惕若臨深淵舜居民上矜矜如履薄

冰禹居民上慄慄如不滿日湯居民上翼翼乎

不敢息敬勝怠則吉怠勝敬則滅欲勝則昌慎一日壽終

臣闕之以仁與之以仁守之其量百世以不仁得

之以不仁守之其量十方以不仁得之以

及其世　外記載命正義作保及傾其世通姬

盧氏曰得之守之皆謂創基之君及其世謂止於

其身也　愚謂孟子言師道之傳太公望見而知

之於此可矣必及其世秦隋是也

王闓書之言惕懼退而為戒書於席之四端為

銘　為銘焉於几為銘焉於鑑為銘焉於盥槃為

為銘焉於枝為銘焉於帶為銘焉於履屨為

盤豆為銘　為銘焉於戶為銘焉於牖為

觴豆為銘焉於門為銘焉於劍為銘焉

　　　　　　　　　　　　　　　　　　

無狹

六韜明傳篇義勝欲則昌欲勝義則亡敬

勝怠則吉怠勝敬則滅　荀子議兵篇怠勝敬則滅欲勝則從

盡欲勝於計則凶

凡軍不強則枉不正枉敬則不正枉者威廢敬者萬世　正義敬威廢作慢作

盧氏曰凡軍不能自強則枉也

力自矯之謂若徇其所偏不自矯揉則終於枉而

巳　十丹書三十九字

朱氏曰強者以

藏之約行之行之可以為子孫恒者此言之謂也

盧氏曰間爾　文道庶開　又約之皆故對比而

巳

　　　　　　　　　　　　　　　　　　

於弓為銘焉於矛為銘焉　悌也歷反夾學記正義作悌　洗也矛兩方正象海官反　亦提四攀記　柤也矛句兵

盧氏曰記於物以自警之辭也武王諸銘有切題者如鑑銘是也

以自警之辭也武王作咎于太師作席几楯杖器械　朱氏曰銘名其器

之銘十有八章　鄧析子曰武有戒慎之銘

記以自警省爾不似今人區區就一物上說　蔡

邕銘論曰武王踐阼咨于太師作席几楯杖器械

亦有不可曉者想古人述戒懼之意而隨所在寫

嗚前左端之銘曰安樂必敬

盧氏曰安不忘危

　　魏氏曰安樂必敬為銘之一首

敬者所以主此心而根萬事也

前行端之銘曰行可悔

盧氏曰當恭敬朝夕故以懷安為悔也

後左端之銘曰二反一側亦不可以忘

盧氏曰言雖及側之間不可以忘道也

後右端之銘曰所監不遠視爾所代

盧氏曰周監不遠近在有殷之世

王自謂也代謂周代商安則易怠怠則必有悔

故孟子謂生於憂患而死於逸樂當寢而安逸欲

易作一反一側敬不可忘游戲自絕視彼殷商

真氏曰爾武

---

席四端為心之防

几之銘曰皇皇惟敬口生敬口生垢口戕口

盧氏曰唁恥也言為君子榮辱之主可不慎乎唁

唁詈之以身凡之書曰安無忘危存無忘

太公金匱武王曰吾欲造

起居之誡隨之以身凡之書曰安無忘危存無忘

俟故

亡

盥之銘曰見爾前慮爾後

真氏曰鑑雖甚明見面而不見背猶吾一心有所

---

明亦有所蔽怒常伏於照祕所有及過常生於意

府所不周故雖聖人懷平隱憂太公陰謀武王

鏡銘曰以鏡自照者見形容以人自照者見吉凶

盥槃之銘曰與其溺於人也寧溺於淵溺於淵猶可

游也溺於人不可救也

盧氏曰日知所亡學者之功溺於民庶大人之禍

故或以自新取戒蓋指湯之槃銘而言也盥槃銘因

起意 真氏曰盥沐之槃朝夕自潔因水生戒蓋溺於深淵者猶可

云自新取戒蓋指湯之槃銘因水

湯一輒溺人溺淵因水生戒蓋溺於深淵者猶可

朱氏曰注

---

以浮游而出一為姦邪小人所惑則陷於危亡而

不自知故不可救懷夫壬人所以陷溺其君者十

智百能使吾沉迷於吉酒厚味頗倒於豔色淫聲

方恬安而莫覺懷禍興斯其為患詎止於

溺淵而已乎

楹之銘曰毋曰胡傷其禍將長毋曰胡害其禍將大

毋曰胡殘其禍將然

盧氏曰夫為室者慎其楹君天下者難其相也

於此曰此亦泛言未必指楹為相也 真氏曰殘

害也斯銘凡三反復盡人心每惕於忽微而禍亂

常生於隱伏銘之於楹朝夕見之以敬以戒保於
永允
盧氏曰惡乎危何也忿者危之道怒甲及乙又危之
甚杖故以危戒也杖依道而行之言身杖相資以
因失道及嗜欲安樂之戒也
怒也大易所貴懲忿窒欲遷怒者有危身之道
欲者有失道之患杖之為物于以自扶操之□□
全有賴舍之則顛踣可慮富貴奢淫易忘兢畏
真氏曰忿懥

杖之銘曰惡乎危於忿懥惡乎失道於嗜欲惡乎□
忘於富貴旁旃篇一作
盧氏曰惡乎危乎何也忿者危之道怒甲及乙危之

校為銘是或此義　太公金匱杖之書曰輔人無
苟扶人無咎容一作
帶之銘曰火滅修容慎必恭恭則壽□□
盧氏曰雖夜解息其容不可以苟帶於寢先釋故
因言之也　朱氏曰恭主容敬主事恭見於外敬
主乎中　愚謂非禮勿動闇不欺也莊敬日強則壽
之基也　太公陰謀武王衣之銘曰桑蠶苦女工
難得新捐故後必寒
屨履之銘曰慎之勞勞終（謂論慎履亦財不費也
盧氏曰銘慎之勞勞則富

履在下尤勞□因此為戒也與富音義兩施互取
焉　呂氏曰勤苦勞者立身為善之本不勤不苦萬
事不舉　太公金匱書履曰行必慮正無懷僥倖
籩豆之銘曰食自杖食自杖履曰□□□
盧氏曰無求醉飽自杖而已　太公陰謀籩銘曰
樂極則悲沈酒致非社稷為危
戶之銘曰夫名難得而易失無懃弗志而曰我知之
乎無懃弗及而曰我知之
盧氏曰志識也杖立不能懲其驕怠而自謂杖成
功無可就故終失其名也

攙阻以泥之若風將至必先攙攙雖有聖人不能為
謀也字一無必字
盧氏曰搖搖無所託言有風則先困論人行亦然
朱氏曰搖搖弗志至攙阻以泥之皆所未詳要
必有害於戶者若風將至此謂戶不固而動搖
也　太公金匱門之書曰敬遇賓客貴賤無二戶
之書曰出畏之入懼之　鑰之書曰昏謹守深察訛
盧氏曰隨天之時以地之財敬祀皇天敬以先時
牖之銘曰時住也財貝也貴而先祭時而敬齊　朱

氏曰牖下齊奈之處也□□□□□□□□□□
真氏曰天實生時地實生財而君用之敬昧自
來祀以報本亦必先時匪物是貴敬以將之齊明
盛服對越上帝於牖爲銘朝夕是戒
牖之書曰闚望審且念所得可思所忘
劒之銘曰帶之以爲服動必行德行德則興倍德則
崩□□□
盧氏曰以順誅也
以示威武然德實威本成德輔惟德是行無思
不服一於用威袛取顛覆頷頷獨夫所實者劒終

目燭千古之鑑　太公金匱書劒曰帶以服兵
而行道德行則福廢則覆
弓之銘曰屈申之義廢興之行□□□無□自過一避
愚謂屈申之義以弓言廢興之行以身言脩身在
知其過
盧氏曰童言造承見造矛之不易也言少間之不
忍則爲終身羞以君子於殺之中禮恐存爲貽跌
矛之銘曰造矛少間弗忍終身之羞予一人所
聞以戒後世子孫
探謀以燕翼子武王之詩也　真氏曰少間謂須

史也兵者凶器聖人所重器非拯民其忍輕用一
矛之造謹之戒之况於兵瑞一啓伏尸百萬流血
千里戕生靈之命奸天地之和者皆斯須不忍實
爲之寧王以此戒其子孫萬世人主可違斯言
太公金匱書鋒曰忍之須更乃全汝軀書刀曰刀
利贍噬無爲汝開
朱氏曰武王銘諸大戴禮然多闕衍姝誤姑存其舊
洪氏曰此本大戴禮物不曰視爾所代則曰溺不可
救不曰其禍將大則曰社稷爲危何其辭之嚴也
堯舜性之也湯武身之也則寧過於檢防求

進乎性之之域也
學於伊尹武王之問洪範問丹書即格物致知之
事湯之不殖貨利以義制事以禮制心□□□□
銘盤以自鑒武王於戶牖幾席觴豆弓矛亦各有
銘皆誠意正心之事也　黄氏曰觀禮書得此銘
以鑒小人之影去道遠矣乃書於坐之左以爲
以息顰補劂之方　周氏曰武王畏聖人之言傳之
如此其敬後人安得不畏乎
太公陰謀籤筆之書曰馬不可極民不可剝馬極則躓民剝則敗
篋之書曰馬不可極民不可剝馬極則躓民劑則敗

太公金匱冠銘曰寵以著首將身不正遺爲穗咎
書車曰自致者急戴人者緩取欲無度自致而反硯
之書曰石墨相著而黑邪心讒言無得汙白書开曰
原泉滑滑連旱則絕取事有常賦斂有卽然皆相之餘分皆廢此淵理義之林有養心耳

有周咸時大訓在西序河圖在東序三皇五
帝之書外史掌之丹書蓋前聖傳心要典也
學記正義謂赤雀所銜丹書乃尚書帝命驗
讖緯不經之言君子無取焉武王銘十有七

章蔡邕以爲十八章當有關文與大戴禮有
盧辯注今列于前鄭康成所引黃太史所書
攷其文之異者又采撮諸儒之說爲集解金
匱陰謀戴武王銘書附著于末至於虞戴妖
歌見春秋內外傳夫以聖王左右已卷心表裹
交正如此況學者可不勉與有能左右觀省
朝夕習復若衛武公日誦抑戒之詩無有師
保如臨父毋庶其寡過矣乎因書以自儆案
兆淹茂歲孟陬王伯厚父謹識

## 二、《大戴禮記》〈武王踐阼〉明代嘉靖十二年吳郡袁氏嘉趣堂覆刊宋淳熙本

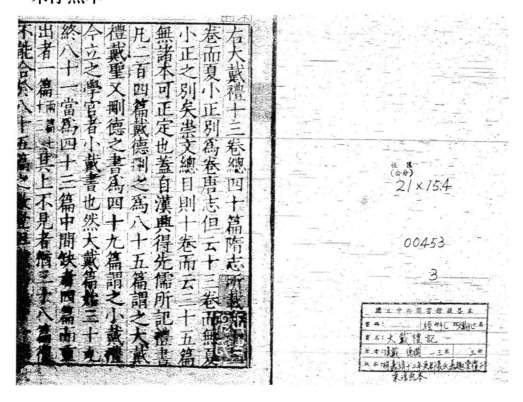

大戴禮記卷第六

武王踐阼第五十九

衛將軍文子第六十

武王踐阼第五十九

武王踐阼三日，召士大夫而問焉，曰：「惡有藏之約、行之行，萬世可以為子孫常者乎？」諸大夫對曰：「未得聞也。」然後召師尚父而問焉，曰：「昔黃帝顓頊之道存乎？意亦忽不可得見與？」師尚父曰：「在丹書。王欲聞之，則齊矣。」王齊三日，端冕，奉書而入，負屏而立。王下堂，南面而立。師尚父曰：「先王之道不北面。」王行西折而南，東面而立。師尚父西面道書之言曰：「敬勝怠者吉，怠勝敬者滅；義勝欲者從，欲勝義者凶。凡事不強則枉，不敬則不正。枉者滅廢，敬者萬世。藏之約，行之行，可以為子孫常者，此言之謂也。且臣聞之，以仁得之，以仁守之，其量百世；以不仁得之，以仁守之，其量十世；

以不仁得之，以不仁守之，必及其世。」王聞書之言，惕若恐懼，退而為戒書。於席之四端為銘焉，於机為銘焉，於鑑為銘焉，於盥盤為銘焉，於楹為銘焉，於杖為銘焉，於帶為銘焉，於履屨為銘焉，於觴豆為銘焉，於戶為銘焉，於牖為銘焉，於劍為銘焉，於弓為銘焉，於矛為銘焉。席前左端之銘曰：「安樂必敬。」前右端之銘曰：「無行可悔。」後左端之銘曰：「一反一側，亦不可以忘。」後右端之銘曰：「所監不遠，視邇所代。」机之銘曰：「皇皇惟敬，口生𧥣，口戕口。」鑑之銘曰：「見爾前，慮爾後。」盥盤之銘曰：「與其溺於人也，寧溺於淵。溺於淵猶可游也，溺於人不可救也。」楹之銘曰：「毋曰胡殘，其禍將然；毋曰胡害，其禍將大；毋曰胡傷，其禍將長。」杖之銘曰：「惡乎危？於忿疐。惡乎失道？於嗜慾。惡乎相忘？於富貴。」帶之銘曰：「火滅修……」

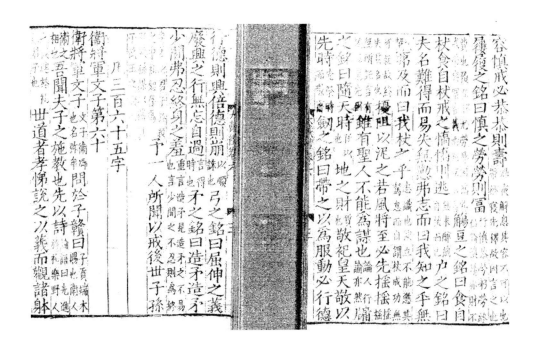

## 三、清代道光戊子八年福建重刊同治間至光緒甲午二十年間 1984 年續修增刊本

### 御製題武英殿聚珍版《大戴禮記》〈武王踐阼〉

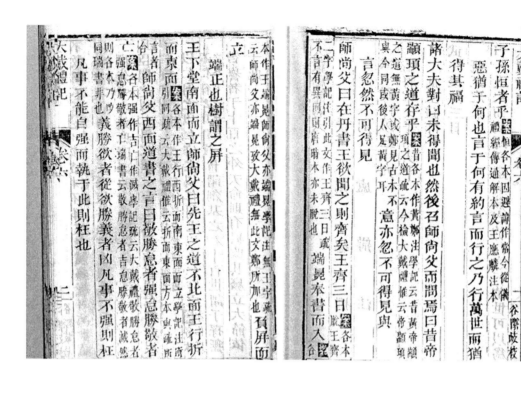

大戴禮記　卷六

安不忘危

前右端之銘曰無行可悔

當恭敬朝夕故以懷安為戒也

後左端之銘曰一反一側亦不可以忘

言雖反側之間不可以忘道也

後右端之銘曰所監不遠視邇所代

周監不遠近在有殷之世

机之銘曰皇皇惟敬口生垢

听恥也言為君子榮辱之主可不慎乎

三谷際岐校

口戕口

言口能害口也机者人君出令所依故以言語為戒也

鑑之銘曰見爾前盧爾後盥槃之銘曰與其溺於人也

寧溺於淵溺於淵猶可游也溺於人不可救也

日知所亡無學者之功溺于民庶大人之禍故或以自

新取戒或以游溺為鑑也

楹之銘曰毋曰胡殘其禍將然毋曰胡害其禍將大毋

曰胡傷其禍將長

大戴禮記　卷六　四

夫為室者慎其桷君天下者難其相也

杖之銘曰惡乎危於忿疐惡乎失道於嗜慾惡乎相忘於富貴

故以危戒也

惡乎危於忿疐

惡乎失道於嗜慾

惡乎相忘於富貴

言身杖相資也因失道相忘乃嗜慾安樂之戒也

帶之銘曰火滅修容慎戒必恭恭則壽

四谷際岐校

雖夜解息其容不可以苟帶于寢先釋故因言之也

履屨之銘曰慎之勞之勞則富

行慎躬勞勞終福諭慎履亦身不費也屨在下九

勞辱因為此戒福與富音義兩施互取焉

觸豆之銘曰食自杖食自杖戒之憍憍則逃

無求醉飽自杖而已

戶之銘曰夫名難得而易失無懃弗及而曰我知之乎

志識也杖立不能懲其驚忽而自謂杖成功無可就

大戴禮記　卷六　五

故終失其名也
擾阻以泥之若風將至必先搖搖
搖搖無所託言有風則先困
雖有聖人不能爲謀也
諭人行亦然
以地之財
隨任也
爐之銘曰隨天之時 〔案〕各本脫之字今從儀禮經傳通解本及方本
質也

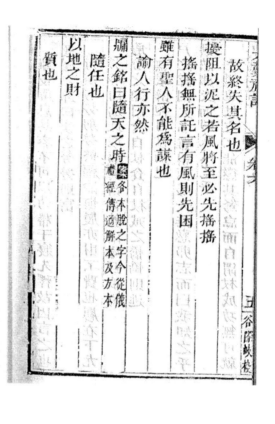

敬祀皇天敬以先時
先祭時而敬齋
以順誅也
劍之銘曰帶之以爲服動必行德行德則與倍德則崩
弓之銘曰屈伸之義廢興之行無忘自過
言得時也
矛之銘曰造矛造矛少間弗忍終身之羞
重言造矛見造矛之不易也言少間之不忍則爲終
身益以君子于殺之中禮恕存焉

大戴禮記 卷六 六

子一人所聞以戒後世子孫
詒厥孫謀以燕翼子武王之詩也
衞將軍文子
衞將軍文子
文子衞卿也名彌牟
問于子貢曰
子貢端木賜也衞人也衞之相也
吾聞夫子之施教也先以詩
論語曰先進于禮樂野人也後進于禮樂君子也此

世道者孝悌
蓋受教者七十有餘人
言能受教者謂七十二子也
聞之孰爲賢也子貢對辭以不知文子曰吾子學焉何
謂不知也于貢對曰吾賢人無妄知賢則難故君子曰智
莫難于知人此以難也
書曰知人則哲惟帝其難之
文子曰若夫知賢人莫不難吾子親游焉是以敢問也

大戴禮記 卷六 七

# 跋　語

　　本論文得以順利完成，心中最感謝的就是季旭昇師，因為是季師引領我走進文字學界的殿堂，得以一窺這個領域的堂奧。

　　在文字學界中研究戰國楚簡是比較新的處女地。時至今日，我們有幸得以看見這些珍貴的出土文獻，並提供我們研究的材料，對文字學領域是一大進步，相信對整個國學領域的貢獻也是可以期待的。在 2008 年底《上博七》甫出版，我以〈武王踐阼〉為研究的對象，其實在面對這個材料的同時，並沒有預期可以研究到什麼境地，季師的要求就是對每個有疑問的字要深入地探源而且要全面地搜羅。在大陸已經有很多學者對這些楚簡做很有系統地研究，甚至是以團隊的方式傾全力在做，所以我們的資料必須要參考引用這些學者的研究成果，而且還要注意最新發展，以「日新月異」稱之絕不為過。我個人在撰寫論文的過程中，最常做的是：不斷的思考和找資料。將每個需要被討論的字，把它的身分履歷翻整出來驗明證身，從甲骨、金文、戰國文字幾世幾代統統羅列，再由它們自己發聲告訴我，它是屬於哪一支脈，哪一派別，所以一些較簡單處理的字可以在一星期內解決，有些稍複雜的要幾星期，更有的疑難字是好幾個月方能有所端倪，如果要正確釋出，可能還得靠天時、地利、人和的眷顧。本論文除了文字的考釋外，還必須探究武王作銘的器物，以配合銘文的確釋。因此我從中得到更多古代器物和青銅器的知識，在一切蒙昧未知時是最辛苦的，但能找出一線生機，卻是最有成就感的地方，所以

我也體會到前人研究之不易，在出土材料有限的條件下研究的成果都很珍貴，也很輝煌。這兩年撰作論文的過程中，其實心情是很複雜的，我以一首詩表達自己心境：

千年竹簡露真顏，恍如相親數世緣。

嘔心苦思難釋字，挑燈夜戰不成眠。

我為解字成癡狂，字解成我喜欲顛。

醉心得識其中味，緣留字魂在人間。

感恩季師費心教育，也感謝許錟輝師和汪中文師嚴格指導我的論文，讓我獲益匪淺，還有同門的趙玉芬對我的照顧。其實我自知能力尚淺，火候功力不夠，但我以對這個領域的熱情來彌補這些缺憾，這本論文只是為文字學界的長城做個基礎的磚石，期許能對這個領域盡一份心力，如果為文有不周之處，祈請方家不吝指正。

秋貞謹誌 2011 年 2 月